LE SPECTRE NOIR

PARIS. — IMPRIMERIE, FONDERIE, CLICHERIE SERRIERE ET Cᵉ,
rue Montmartre, 123

ÉMILE DE GIRARDIN

LE SPECTRE NOIR

Si j'ai mal parlé, répondez-moi. Si j'ai bien parlé, pourquoi me frappez-vous?

JÉSUS-CHRIST.

La question de presse n'admet pas de demi-mesure.

NAPOLÉON Ier.

Si quelqu'un me montrait entre l'indépendance complète et l'asservissement entier de la pensée une position intermédiaire où je pusse me tenir, je m'y établirais peut-être; mais qui découvrira cette position intermédiaire?

ALEXIS DE TOCQUEVILLE.

La presse porte sa charte avec elle-même.

LORD CHATAM.

PARIS

SERRIERE, RUE MONTMARTRE, 123
MICHEL LÉVY FRÈRES
RUE VIVIENNE, 2 BIS

HENRI PLON, RUE GARANCIÈRE, 8
LIBRAIRIE NOUVELLE
BOULEVARD DES ITALIENS

1864

AVIS DES ÉDITEURS

LES DROITS DE LA PENSÉE forment un très-gros volume compacte de 700 pages.

Ce volume, dans lequel abondent les citations les plus précieuses et les plus curieuses, n'ayant été tiré qu'à un petit nombre d'exemplaires destinés à la bibliothèque du législateur et du jurisconsulte qui font des questions de presse une étude spéciale, nous avons détaché de ce volume, plutôt fait pour être consulté que pour être lu, la préface, véritable déclaration des droits de la pensée, et la lettre à M. Rouher, rigoureuse déduction du droit à l'imprimerie.

C'est cette préface et cette lettre que nous avons réunies et que nous publions sous le titre : LE SPECTRE NOIR, titre emprunté à ce passage du livre :

« L'idée de l'impuissance de la presse aboutissant à » l'impunité de la presse est comparable à un de ces py-

» lones du haut desquels l'œil plane au-dessus de tous
» les obstacles et voit distinctement ce qu'auparavant il
» ne pouvait apercevoir, même confusément.

» Ce que l'idée de l'impuissance de la presse aboutis-
» sant à l'impunité de la presse a de véritablement élevé,
» c'est qu'elle met fin à toutes les contradictions dans
» lesquelles se sont égarés les esprits les plus fermes et
» les moins semblables : Condorcet, Chateaubriand,
» Royer-Collard, Benjamin Constant, de Serre, de Bro-
» glie, Guizot, Thiers, Odilon Barrot, etc.; c'est qu'elle
» met fin à toutes les dispositions législatives auxquelles
» les gouvernements qui se sont succédé en France depuis
» soixante-quinze ans ont tous demandé leur salut, et
» qui toutes ont été la perte et la condamnation de cha-
» cun d'eux : Royauté, République, Directoire, Consulat,
» Empire, Restauration de 1814, Monarchie de 1830 et
» République de 1848 ; c'est qu'elle met fin à toutes les
» frayeurs causées aux plus braves par... un fantôme,
» par un spectre que j'appellerai le Spectre noir. »

LES

DROITS DE LA PENSÉE

Penser, c'est se mouvoir intellectuellement.

L'homme pense.

Donc il a le droit et le devoir de penser.

Il n'a pas la liberté de ne point penser.

La nécessité de penser, conséquemment de parler, d'écrire, d'imprimer, de discuter, d'enseigner, de se réunir, de s'associer, existe au même titre que la nécessité de respirer.

On ne peut pas empêcher l'homme de penser, mais on peut l'empêcher de dire ce qu'il pense.

Empêcher de parler l'homme qui veut parler ; empêcher d'écrire l'homme qui sait écrire ; empêcher d'imprimer l'homme qui peut imprimer ; empêcher, enfin, l'homme d'exercer les facultés de son intelligence, c'est porter à la vie intellectuelle de l'homme une atteinte pareille à celle qu'on porterait à sa vie physique si l'on empêchait l'homme de manger quand il a faim, de boire quand il a soif, de dormir quand il a sommeil, ou de marcher quand il est las d'être immobile. Pour qui les éprouve, les besoins intellectuels ne sont guère moins impérieux que les besoins physiques.

Les droits de la pensée sont indivisibles, inaliénables et imprescriptibles.

Les diviser, c'est les mutiler.

L'homme qui n'a pas la liberté des manifestations de son esprit est esclave ou serf, comme l'était l'homme qui n'avait pas la liberté des déplacements de son corps.

En France et ailleurs, le servage corporel a disparu, mais le servage intellectuel a persisté.

L'homme qui n'était pas libre de son corps n'était pas libre ; l'homme qui n'est pas libre de son esprit n'est pas libre. Qu'il subisse le joug d'un autre homme ou qu'il subisse le joug de la loi, peu importe, s'il est esclave!

Combien de lois tyranniques et homicides ont existé, depuis celles qui prescrivaient de tuer les enfants qui naissaient mal conformés jusqu'à celles qui punissaient de mort l'hérésie, quel que fût le nom du Dieu consacré!

De tous les mots du dictionnaire politique, le mot LOI est peut-être celui dont on a le plus abusé. S'il est bon de le respecter, il ne faut cependant pas en exagérer le respect jusqu'à la superstition.

La société n'a pas de lois qui n'émanent de la pensée de l'homme, donc les droits de la pensée sont antérieurs et supérieurs aux lois qui ne dérivent pas de la nature des choses.

Montesquieu a dit avec raison : « Les bêtes ont leurs » lois, l'homme a ses lois. »

La loi distinctive de l'homme est de penser.

Qu'aucune loi positive, c'est-à-dire arbitraire, n'interdise donc plus à l'homme de faire ce que lui commande la loi de son être !

La société n'aura rien à y perdre et l'humanité aura tout à y gagner.

Que peut-on craindre ?

Si loin que les penseurs portent l'abus des droits de la pensée, cet abus n'égalera jamais celui que les despotes ont fait des pouvoirs de la domination en tous temps et dans tous les pays.

Sans les droits de la pensée, pleinement et scrupuleusement respectés, les pouvoirs de la domination sont un poids sans contre-poids.

De là les enivrements de l'arbitraire et ses excès, dont toutes les pages de l'histoire sont maculées ! De là les guerres iniques et les révolutions légitimes ! De là encore la décadence des peuples et la chute des empires ! De là enfin l'irréparable lenteur des progrès de la science et de la civilisation pendant des siècles !

A-t-on enchaîné les gouvernements, les a-t-on supprimés, parce que beaucoup d'entre eux avaient été les fléaux des peuples et la honte de l'autorité ?

Non.

Pourquoi donc faire peser sur les hommes qui pensent une solidarité qui ne pèse pas sur les hommes qui règnent ? Est-ce que le souverain qui tient le sceptre en main ne peut pas tomber dans des écarts de pouvoir incomparablement plus funestes que tous les écarts de liberté auxquels pourrait se laisser entraîner l'écrivain qui n'a entre ses doigts qu'une plume ? S'il en est ainsi, pourquoi donc à l'égard du premier tant d'indulgence et de confiance, et à l'égard du second tant de rigueur et de défiance ?

Si l'usage de toutes les choses dont l'homme peut abuser lui était interdit, de quelles choses l'homme pourrait-il encore se servir? N'a-t-il pas abusé de toutes?

L'abus est inhérent à l'usage.

L'usage de la propriété jusqu'à l'abus a été légitimé par la loi, *utendi et abutendi;* pourquoi l'usage de la liberté jusqu'à l'abus ne le serait-il pas pareillement? Qu'est-ce que la liberté, si ce n'est pour chaque individu la propriété de son esprit et de son corps? Pourquoi cette distinction, pourquoi cette différence entre le droit de disposer de sa chose et le droit de disposer de sa personne? De ces deux sortes de propriétés, si l'une devait l'emporter sur l'autre, ne devrait-ce pas être la propriété de la personne sur la propriété de la chose? Pourquoi admettre l'abus le plus funeste et interdire l'abus le moins nuisible? Ou il ne faut tolérer aucun abus, ou il faut tolérer tous les abus, afin qu'ils s'équilibrent et se corrigent entre eux.

L'abus qu'on peut faire des droits de la pensée ne justifie pas les mutilations qui les a privés de leur virilité.

Qu'est-ce qu'un abus mis en regard d'un crime?

Milton et Mirabeau ont dit : « Tuer un homme, c'est » tuer une créature raisonnable; mais étouffer un bon » livre, c'est tuer la raison même. »

C'est contre ces mutilations trop longtemps subies, c'est contre ce crime trop longtemps réputé nécessaire, c'est contre cette barbarie trop longtemps perpétuée que vient enfin protester ce livre, au nom des DROITS DE LA PENSÉE qu'il a pris pour titre glorieux, titre que ce livre trahirait et dont il ne serait pas digne s'il les revendiquait à demi. Aussi les revendique-t-il pleinement.

Tout a été dit pour, contre et sur la liberté de la presse ; mais, dans tout ce qui a été dit, il y a un mélange de vérités et d'erreurs qui en a fait un amas de contradictions. Cet amas de contradictions dans lesquelles sont tombés, l'un après l'autre, tous les écrivains, tous les orateurs, même les plus illustres, expliquent parfaitement comment et pourquoi la question de la liberté de la presse, si fréquemment débattue, n'a avancé que pour reculer, et n'a reculé que pour avancer, sans opérer un progrès qui soit définitif.

Il serait temps de faire justice de ces contradictions, passées jusqu'à ce jour inaperçues sous l'éclat des noms les plus imposants ! Il serait temps d'opérer le triage entre l'erreur et la vérité ! Il serait temps de sortir de l'étroite et profonde ornière des lois positives marquant de leur sceau des droits qui échappent à toutes les réglementations, lois impuissantes autant qu'arbitraires ! Il serait temps de répudier tous ces compromis condamnés par leur inefficacité ! Il serait temps, enfin, de reconnaître et d'assurer dans toutes ses manifestations l'indivisibilité et l'inviolabilité de la pensée humaine !

Ceux qui parcourront ce livre, où les citations abondent, verront que les droits de la pensée étaient moins étroitement et moins timidement compris au dix-huitième siècle qu'au dix-neuvième, avant qu'après les trois révolutions qui, en définitive, ont laissé 1864 en arrière de 1789.

La conclusion à tirer de ce livre et de cette préface

c'est que gouvernements et peuples feront également bien désormais de laisser toujours les idées suivre naturellement leur cours, si lent ou si impétueux qu'il soit, sans jamais le violenter ni pour l'accélérer ni pour le ralentir.

Il n'est pas bon que gouvernements effrénés ou peuples déchaînés traçant, à leur gré, une limite aux droits de la pensée, leur disent arbitrairement :

Vous n'irez pas plus loin !

LE DROIT A L'IMPRIMERIE

A Son Exc. Monsieur Rouher, ministre d'État.

Le 16 août 1864.

Monsieur le Ministre,

La liberté vous doit la conclusion du traité de commerce signé, le 10 mars 1860, entre l'Angleterre et la France; c'est à ce titre que je vous adresse publiquement ce volume qui porte pour titre : LES DROITS DE LA PENSÉE. Je n'en aurais fait tirer que deux exemplaires seulement : le premier pour vous, le second pour moi, si je n'eusse été retenu par la crainte qu'on ne m'accusât de singularité et d'exagération.

Ce volume de sept cents pages, dans lequel j'ai réuni tout ce que j'ai écrit depuis 1830 sur les questions que soulevait et que soulève encore la liberté d'exprimer et d'imprimer ses opinions, toutes ses opinions, est ma caution qu'en concluant à l'impunité de la presse fondée sur l'impuissance de la presse, je ne suis pas arrivé à cette conclusion, qualifiée de paradoxale par des esprits superficiels, sans un travail opiniâtre parfois suivi de défaillances, et sans de longues méditations mélangées de doutes et de contradictions. Il est si difficile de dépouiller le vieil homme, selon l'aveu de Luther, aveu encore aussi vrai en 1864 qu'en 1544, après trois siècles écoulés!

J'ai débuté dans le journalisme, il y a trente-trois années, avec la conviction que la puissance d'un livre ou d'un journal se mesurait au nombre de leurs lecteurs; cette conviction erronée a fait place à la certitude acquise qu'un livre ou qu'un journal n'ont qu'une seule chance favorable de voir éclore le germe dont ils sont l'œuf: c'est de rencontrer l'homme qui le féconde parmi les dépositaires du pouvoir.

Qu'importe, en effet, qu'un journal se tire à cinquante mille exemplaires, si les idées qu'il émet, si les opinions qu'il exprime n'ont aucune chance favorable d'être accueillies, d'être prises en considération par le souverain qui règne et par les ministres qui le conseillent?

Ces cinquante mille lecteurs fussent-ils tous de l'avis de leur journal, à quoi servira, par exemple, tout ce que ce journal pourra insérer en faveur de la liberté de la presse, si le souverain et ses ministres persistent à considérer cette liberté comme dangereuse? Ne vaudrait-il pas mieux que cette feuille n'eût qu'un seul lecteur de son opinion, mais que ce lecteur fût le plus écouté des conseillers de la couronne?

La presse fût-elle un levier, que ce serait un levier

sans point d'appui. S'imaginer que, si nombreux qu'ils soient, des lecteurs forment un point d'appui, c'est tomber dans une méprise qui, pour être générale, n'en est pas moins réelle.

Si j'avais l'assurance de le convaincre, et qu'il me fallût choisir entre un lecteur placé tel que vous l'êtes, monsieur le ministre, et tous les lecteurs que dans toutes les circonstances graves j'ai comptés en si grand nombre, adhérents sympathiques, mais d'une impuissance égale à la mienne, je n'hésiterais pas.

Qu'ajoutaient leurs vœux à mes écrits? Rien.

De la communauté d'opinions établie entre eux et moi que naissait-il? Rien.

Ainsi rien! toujours rien! soit que je proposasse de faire ce qui avait été expérimenté ailleurs ou autrefois avec succès, soit que je proposasse de faire ce qui n'avait encore été tenté nulle part ni en aucun temps.

Que l'on me parle donc de la puissance de la presse!

Si elle est puissante, qu'on me montre ses œuvres!

Si elle n'est pas puissante, qu'on me montre ses dangers!

Je regarde, et je ne vois ni ses dangers ni ses œuvres.

Vous avez été protectioniste, monsieur le ministre; vous êtes devenu libre échangiste.

C'est une preuve encourageante que votre esprit, largement ouvert à l'étude, n'est étroitement fermé à aucune idée dont la justesse saura s'emparer de votre heureuse faculté d'assimilation, et que vous reviendrez sans hésitation sur ces paroles qui, le 12 janvier 1864, vous sont échappées devant le Corps législatif dans l'entraînement de l'improvisation :

« Qu'est-ce donc que cette liberté d'écrire, d'écrire dans un journal? Est-ce une liberté ayant le caractère de toutes les libertés légitimes, la réciprocité, le respect de la liberté d'autrui? Est-ce que cette liberté n'a pas quelque chose non-seulement d'aigu, mais d'oppressif et de violent?... A la fois monopole et moyen d'agression quotidienne, elle constitue une liberté sans responsabilité sérieuse qui émeut et qui trouble toutes les libertés individuelles.

» Je l'ai vue la liberté absolue de la presse, je l'ai vue en 1848 et en 1849. Savez-vous ce qu'elle produisait? Elle donnait aux citoyens honnêtes et laborieux la liberté de fermer leurs boutiques.

» Ah! cette liberté de la presse je ne la nie pas, je la considère comme utile dans un pays ; mais je la veux avec ses contre-poids, je ne dirai pas seulement répressifs, mais préventifs, car je conserve le souvenir de ces deux trônes renversés surtout parce que la législation de la presse était impuissante et vaine. »

M. de Fontanes disait à la Chambre des pairs, le 7 décembre 1816 :

« Chaque parti, quand il s'est cru le plus fort, a demandé la liberté de la presse et des journaux ; chaque parti, quand il s'est vu le plus faible, s'est plaint de leur licence. L'orgueil des opinions est inflexible. Il est si fort, qu'il fait taire souvent jusqu'à la voix de l'intérêt même. »

Soyez juste, monsieur le ministre : n'est-ce pas sous le régime de ce que vous nommez « la liberté absolue de la presse » que vous avez été élu, en avril 1848, représentant du peuple, et que le banni de 1815 et de 1830 l'a emporté, le 10 décembre, à une immense majorité, sur le chef du pouvoir exécutif, à la candidature duquel il ne manqua que l'appui de la *Presse*, de la *Liberté*, et, au dernier moment, du *Constitutionnel*, pour qu'elle eût en sa faveur l'unanimité des journaux, depuis le *National* et le *Siècle* jusqu'au *Journal des Débats*? Si, en 1848, la liberté du vote, si, « en 1848, toutes les libertés individuelles avaient été troublées » par « la liberté absolue de la presse, » ainsi que vous le dites par oubli, monsieur le ministre, est-ce que le vote du 10 décembre n'eût pas été tout différent? Est-ce que cinq millions et demi d'électeurs eussent osé voter pour le prince Louis-Napoléon contre le général Cavaignac? J'en appelle à votre mémoire, j'en appelle à la vérité.

Au nom de l'expérience qui ne m'est contestée par aucun des directeurs de journaux, dont j'ai été l'un des syndics et dont je suis le doyen, je viens vous demander un peu de l'attention que vous avez accordée à l'honorable et célèbre agitateur de l'*anti-corn-law league*, à Richard Cobden.

Au point de vue de la responsabilité des gouvernements, responsabilité qu'il s'agit de dégager, la question du libre échange intellectuel n'est pas moins importante que la question du libre échange commercial.

Si je parvenais, monsieur le ministre, à faire passer dans votre esprit la certitude qui est entrée dans le mien; si je parvenais à vous démontrer que la presse peut sans danger être impunément libre, ne pensez-vous pas qu'il y aurait pour l'empire et pour l'empereur autant d'habileté à rétablir la liberté de la presse qu'il y en a eu à rétablir, le 2 décembre 1851, le suffrage universel qui avait été restreint par la loi du 31 mai 1850? Ne pensez-vous pas qu'il serait important que l'histoire ne pût pas dire que si le règne de Napoléon III, sous lequel la prise de Sébastopol, de Milan, de Pékin et de Mexico a dépassé en éclat la prise d'Anvers, d'Ancône et de Saint-Jean-d'Ulloa; que si le règne de Napoléon III a été supérieur en gloire au règne de Louis-Philippe, il lui a été inférieur en liberté? Et l'histoire n'y manquerait pas si, pour être vraie, elle devait ajouter que l'élu du

10 décembre 1848, après avoir souvent et durement reproché à l'élu du 9 août 1830 d'avoir mutilé la liberté de la presse au nom de laquelle le duc d'Orléans avait été appelé sur le trône, a aggravé les restrictions et les rigueurs de la loi du 9 septembre 1835 par le décret du 17 février 1852, décret qui soumet les journaux au régime de l'autorisation préalable, de la suspension et de la suppression administratives, et traite les écrivains plus sévèrement que ne sont traités les assassins et les voleurs, puisqu'il a enlevé aux écrivains la garantie du jury dont les voleurs et les assassins n'ont été dépouillés par aucune loi.

Aspirant à vous convaincre, monsieur le ministre, j'ai à vous démontrer :

Premièrement, qu'en matière de presse, le régime préventif, rétablissement de la censure, serait le seul efficace et logique, s'il n'était devenu plus que jamais matériellement impossible ;

Deuxièmement, qu'en matière de presse, le régime répressif, quel qu'il soit, aggravé ou adouci, nuit moins à la liberté qu'au pouvoir ;

Troisièmement, qu'en matière de presse, le régime restrictif va en sens inverse du but qu'il se propose ;

Quatrièmement, qu'en matière de presse, les dispositions spéciales, telles que l'institution des gérants, la signature des articles, le droit de réponse et l'insertion des *communiqués*, ont trompé l'attente que le législateur avait fondée sur elles ;

Cinquièmement, qu'en matière de presse, il n'y a qu'une seule loi à faire : c'est une loi qui abroge toutes les lois existantes sur la presse, sans les remplacer.

§ I. DU RÉGIME PRÉVENTIF.

La censure sous l'Empire.

La censure est plus facile à établir qu'à exercer ; c'est ce qui ressort manifestement des opinions suivantes soutenues en 1808 et en 1809, au sein du conseil d'Etat, par l'empereur Napoléon Ier :

« Il s'agit de savoir s'il y aura une censure ou si la presse sera indéfiniment libre. Pour résoudre cette question, il faut examiner s'il est des écrits dont il soit nécessaire ou utile d'arrêter la publication. Et d'abord, l'autorité doit-elle empêcher ceux qui sont dirigés contre les particuliers? Non ; ces sortes d'écrits n'intéressent pas l'Etat : il faut les placer dans la classes des injures qui peuvent être faites à des particuliers de toute autre manière ; ouvrir à l'offensé le recours devant les tribunaux, et établir par le Code pénal des peines contre la diffamation. En second lieu, doit-on prévenir la publication des écrits dirigés contre l'Etat? Oui, parce que ces écrits sont toujours plus ou moins sensiblement des provocations qui ont pour objet de troubler l'ordre public. Enfin, l'autorité arrêtera-t-elle les écrits qu'on prétendrait offenser la religion? Un censeur ordinaire n'oserait prononcer sur ces matières métaphysiques. Il faudrait donc soumettre ces écrits à une assemblée de théologiens, et alors on aurait à craindre que cette assemblée, prétendant la religion intéressée dans des écrits qui n'ont réellement rien de commun avec elle, n'étouffât la manifestation de vérités utiles. En général, il convient de laisser chacun développer ses idées, fussent-elles extravagantes. Souvent une découverte importante paraît, à sa naissance, avoir ce caractère. On la perdrait si l'on donnait des entraves à ses auteurs. Il y a de ceci beaucoup d'exemples, et principalement dans la médecine. Au reste, rien ne serait capable d'empêcher les ouvrages contre la religion de se répandre s'ils étaient dans le goût du siècle ; mais si, comme aujourd'hui, le siècle repousse la folie et l'incrédulité, ces ouvrages cessent d'être dangereux. Qu'on laisse donc écrire librement sur la religion, pourvu qu'on n'abuse pas de cette liberté pour écrire contre l'Etat. Mais en établissant une censure renfermée dans ces limites, l'exercice en doit être confié à un corps de magistrats, et non à la police. La police est un moyen extrême qu'on ne doit pas employer dans la marche habituelle de l'administration et quand, comme ici, il s'agit d'une propriété.

» ... Aujourd'hui, la presse, qu'on prétend être libre, est dans l'esclavage le plus absolu. La police *cartonne* et supprime comme elle veut les ouvrages, et même ce n'est pas le ministre qui juge, ses autres occupations ne lui permettent pas d'examiner par lui-même les livres ; il est obligé de s'en rapporter à ses bureaux. Rien de plus irrégulier, rien de plus arbitraire que ce régime, et néanmoins il est insuffisant, car la police, ne pouvant examiner tous les ouvrages qui paraissent, est obligée de se borner à ceux qui marquent le plus ; et de là résulte que beaucoup d'écrits répréhensibles lui échappent à la faveur d'un titre qui n'éveille pas l'attention et ne provoque pas la défense. Qui aurait pensé, par exemple, qu'un livre présenté sous le titre de *Vie de Souwarow* contiendrait des diatribes écrites par un Français contre les armées françaises ? C'était bien là un de ces livres que, sur son titre, la police devait naturellement laisser passer sans examen ; et cependant il a fallu le supprimer, et l'imprimeur en éprouve un dommage très-considérable. Le ministre de la police actuel est un homme estimé, qui agit sans partialité, sans prévention, sans esprit de parti ; mais s'il venait dans la suite un autre ministre qui se laissât entraîner par ses opinions individuelles, il proscrirait sans réserve tout ce qui n'y serait pas conforme. Si, par exemple, la religion avait sur lui une grande influence, on ne lui arracherait la permission de publier un livre qu'autant qu'il commencerait, pour ainsi dire, par une profession de foi. Voilà le danger qu'il y a de placer la surveillance de la presse dans la main d'un seul homme : elle sera beaucoup mieux dans un collége de magistrats. Qu'il soit besoin d'une surveillance, cela ne peut pas être contesté ; personne ne prétendra sans doute qu'il faille laisser la presse indéfiniment libre ; à la vérité, des savants ont été jetés dans les prisons pour des opinions astronomiques qu'on prétendait être contraires aux opinions religieuses ; mais tout cela tenait au système d'alors où tout était pour la religion. Maintenant on laissera circuler librement les livres de science. Ce n'est donc pas là une objection ; on ne peut rien conclure, relativement à la France, des usages de l'Angleterre : l'organisation, l'esprit national et les mœurs ne sont pas les mêmes dans les deux pays.

» Dans le système de la Constitution anglaise, l'opinion doit influer sur le gouvernement ; on ne peut donc empêcher de le faire par la voie de la presse, de dénoncer les ministres, de censurer leurs actes. Depuis quatre-vingts ans que ces usages subsistent, ils n'ont pas encore eu d'effets désastreux, parce qu'ils sont balancés par les institutions et les mœurs de la nation. En Angleterre, le roi est le chef de la religion, et il y a une aristocratie fortement constituée qui est toujours en état de contenir le peuple ; ce peuple est trop brutal pour être mis en mouvement par des écrits et par des paroles. Là il y a moins d'inconvénient à tout laisser dire ; et cependant il n'est pas encore certain que les contre-poids soient toujours assez forts, et qu'un jour la licence de la presse ne renverse pas l'Angleterre.

» Mais en France, où la nation est douée d'une conception prompte, d'une imagination vive, et susceptible d'impressions fortes, la liberté indéfinie de la presse aurait de funestes résultats. Qu'a gagné M. de Brienne en appelant de tous côtés ce qu'il nommait les lumières, et en provoquant les écrivains. L'écrit de Sieyès : *Qu'est-ce que le tiers état?* est le bouleversement de toutes les institutions. Si chez un tel peuple l'opinion doit tout influencer, si elle doit intervenir dans les actes des ministres, dans les délibérations du conseil d'Etat, dans celles du Sénat, à la bonne heure, que la presse soit indéfiniment libre ; mais s'il est démontré que cette puissance de l'opinion ne produirait que troubles et bouleversements, il faut bien établir une surveillance de la presse.

» On ne voit pas comment la liberté indéfinie de la presse se concilierait avec notre organisation. Qu'elle existe pour les affaires qui sont portées devant les tribunaux, on le conçoit ; la défense des parties ne doit pas être gênée par la censure, en rendant néanmoins les avocats responsables des écarts qu'ils se permettraient. Mais hors de là, il ne peut plus y avoir de liberté indéfinie d'imprimer, car cette faculté ne servirait pas la chose publique. Nos constitutions n'appellent pas le peuple à se mêler des affaires politiques ; c'est le Sénat, c'est le conseil d'Etat, c'est le Corps législatif qui pensent, qui parlent, qui agissent pour lui, chacun dans l'étendue de ses attributions. Si l'on veut plus, il faut changer l'organisation actuelle.

» Maintenant, qu'est-ce que la censure ? C'est le droit d'empêcher la manifestation d'idées qui troublent la paix de l'Etat, ses intérêts et le bon ordre. La censure doit donc être appliquée suivant le siècle où l'on vit et les circonstances où l'on se trouve. Sous ce rapport, on peut distinguer trois époques différentes. Il y a d'abord les siècles barbares, où tout était sous la puissance des papes, l'autorité du clergé, l'empire des moines. Dans ces temps, on devait nécessairement lier et rapporter toutes les études aux sciences ecclésiastiques. Cependant les excès des papes et du clergé ont fini par blesser et révolter les souverains. Ils ont cherché à y opposer une digue. Dans cette intention, ils ont encouragé les lettres et propagé l'étude des anciens : elle était propre à détruire les idées fausses qui dominaient à cette époque. Les circonstances ont servi leurs projets. Les dépositaires de ce qui restait des anciennes connaissances venaient de fuir de l'Orient ; les Médicis et François Ier les accueillirent ; alors on vit paraître des ouvrages où les préjugés n'étaient pas ménagés. Joseph II est le dernier souverain qui ait protégé les opinions nouvelles et hardies. Depuis, tout a changé : on ne redoute plus les papes, on ne redoute plus le clergé, mais on peut craindre cette fausse philosophie qui, soumettant tout à l'analyse, tombe dans le sophisme, et aux anciennes erreurs substitue des erreurs nouvelles. Peut-être que, par l'effet de cette crainte, la censure comprimerait la philosophie véritable. D'un autre côté, si elle n'écarte pas les ouvrages qui, sans attaquer précisément l'Etat, blessent cependant les maximes reçues, elle semblerait les sanctionner. Par exemple, pourrait-elle, sans paraître blesser toutes les religions qu'on suit en France, laisser passer un livre où l'on enseignerait que le monde dure depuis vingt mille ans?

» Que serait-ce donc si, au lieu d'un livre qui ne blesse la religion que dans quelques points, il s'agissait d'un écrit qui, comme celui de Dupuis, fût tout entier dirigé contre elle? La censure laissera-t-elle imprimer cet écrit? Si elle l'admet, elle se prononce contre la religion. Si elle peut le rejeter, elle est dangereuse. L'embarras sera bien plus grand encore quand il faudra prononcer sur les questions de morale, qui sont extrêmement délicates. Voilà les inconvénients de la censure forcée. Voyons maintenant si elle peut avoir des effets utiles. Si l'on veut qu'elle en ait, ce ne serait pas assez de lui donner le droit de supprimer les ouvrages; il faut encore lui permettre de les épurer. Alors tous les livres nouveaux seront parfaitement conformes à l'esprit du gouvernement; au lieu que si la censure ne peut que les supprimer, les auteurs iront toujours jusqu'au point où ils pourront aller sans s'exposer à la suppression, et ils pourront aller fort loin encore, car quelques pages hardies ne décideraient pas à arrêter un écrit. D'ailleurs, chacun sait que brûler un livre, c'est en faire la fortune, c'est propager le mal qu'il peut opérer. Il vaudrait mieux n'y pas faire attention. Le projet est donc insuffisant en ce qu'il n'autorise pas la censure à forcer l'auteur de *cartonner* son ouvrage.

» C'est d'ailleurs donner trop d'importance aux mauvais livres que de les poursuivre partout. Il n'y a pas de moyen plus sûr de les faire valoir. Je ne connais pas les œuvres de Parny et je n'entends pas les approuver; mais la suppression de cet ouvrage n'était propre qu'à éveiller l'attention, piquer la curiosité et peut-être le faire réimprimer clandestinement. Le peuple ne lit point Parny; qu'importe qu'il soit dans les bibliothèques? Cependant il serait mauvais qu'on en eût autorisé formellement la lecture dans un catalogue. Il fallait laisser passer le livre sans l'apercevoir, et personne n'y aurait pris garde. Le fait est qu'il faudra en venir à supprimer la direction de l'imprimerie. »[1]

[1] *Discussions sur la liberté de la presse, la censure, l'imprimerie et la librairie, qui ont eu lieu dans le conseil d'Etat pendant les années 1808, 1809, 1810* et *1811*, recueillies et publiées par le baron Locré. Paris, 1819.

Les contradictions flagrantes et les aveux péremptoires dont les opinions que je viens de citer sont émaillées ne vous échapperont pas, monsieur le ministre. Si la presse a des dangers tels, que ces dangers justifient la censure appliquée aux livres et aux journaux attaquant l'Etat, pourquoi en exempter les livres et les journaux attaquant la religion que salarie l'Etat ? Pourquoi en exempter les livres et les journaux attaquant les particuliers qui payent l'impôt pour être protégés par l'Etat? Ou il faut appliquer la censure à tous les livres et à tous les journaux, ou il ne faut l'appliquer à aucun. Pas d'exception ! pas de privilége ! S'il devait y avoir un privilége, ne devrait-ce pas être non pour protéger le plus fort, mais pour protéger le plus faible? Que penser d'une censure qui ne se bornerait pas au droit de supprimer et qui voudrait y ajouter le droit « d'*épurer* », c'est-à-dire le droit de substituer à la pensée de l'auteur une autre pensée que celle qui était la sienne? Si, de l'aveu de l'empereur Napoléon Ier, « ne pas faire attention à un livre est un meilleur moyen de l'empêcher de nuire que de le condamner à être brûlé », pourquoi ne pas convertir ce moyen en règle de conduite et en loi supérieure à toute loi positive? « S'il n'y a pas de moyen plus sûr de faire valoir les mauvais livres que de les poursuivre », pourquoi les poursuivre? Qu'est-ce qui oblige l'Etat à persister dans des errements dont il proclame le vice?

La censure, qui paraît si simple à établir, est si difficile à exercer que le comte Regnaud de Saint-Jean-d'Angély, ne sachant comment conclure, l'approuvait et la condamnait ainsi, tout à la fois, dans la séance du conseil d'Etat du 11 avril 1809 :

« Il est impossible d'enchaîner la censure, comme le propose M. le grand juge ; elle ne peut se diriger que par les convenances et l'intérêt du gouvernement, qui varient suivant les circonstances.

» Qu'ensuite il y ait des censeurs isolés ou un collége, c'est là une question secondaire dont il sera temps de s occuper quand on sera fixé sur le principe. Il faut, avant tout, dégager la presse des entraves que lui donne aujourd'hui le pouvoir absolu ; dans la crainte de compromettre leur responsabilité, les censeurs vont beaucoup trop loin.

» Si, sous un prince rempli d'idées grandes et libérales, on ne se hâte de créer une institution libérale, certes un jour viendra où les idées les plus utiles seront étouffées, et où il ne sera pas même permis de parler.

» Si, au contraire, on forme un collége de censure dont les opérations puissent être soumises au conseil du prince, on n'a plus rien à craindre. »

Dans cette même séance du conseil d'État, non moins embarrassé que le comte Regnaud de Saint-Jean-d'Angély, le comte Berlier, reconnaissant et proclamant les dangers réels de la censure, essayait d'échapper à la censure forcée par la censure facultative, qu'il vantait en ces termes utiles à rappeler et instructifs à relire :

« Je conviens que la liberté d'imprimer n'est pas un droit social, en ce sens que l'homme le tienne de la société ; mais c'est un des droits que l'homme tient de la nature, que la société doit protéger et que cependant elle peut restreindre. Personne ne conteste la légitimité ni la nécessité des restrictions. On ne diffère que sur les moyens : les uns veulent une censure forcée, les autres une censure purement facultative, les autres enfin qu'on écarte toute censure et qu'on se borne à exiger des auteurs une déclaration ; qu'ensuite on les laisse libres d'imprimer, sauf à les punir s'ils se permettent des écarts dangereux. De tous ces systèmes, celui de la censure facultative paraît être le meilleur. On a dit que, par le fait, elle deviendrait absolue, parce que les hommes sages y recourront d'eux-mêmes. Cela dépendra beaucoup de la manière dont le collége de censure sera composé ; car il ne serait pas impossible que, dans certains cas, on ne préférât la censure de la police. L'intention du chef du gouvernement est de prévenir les dangers de la presse, non d'étouffer les lumières. Comment donc peut-on priver les auteurs de la liberté de ne pas soumettre leurs écrits à des censeurs dont ils ont raison de se défier? On répond que les censeurs n'ont pas intérêt d'empêcher la publication d'un ouvrage utile. Il se peut qu'il en soit ainsi aujourd'hui. Mais est-on assuré qu'il en sera de même dans d'autres temps et sous un autre règne ? Et alors ne serait-il pas préférable d'être soumis à l'examen de la police que de l'être à celui d'un corps où les haines et les préventions exerceraient leur funeste influence ? Rien de mieux que d'offrir aux auteurs la sûreté que leur donnera la censure : leur en imposer la loi, ce serait se jeter dans des inconvénients très-graves. La censure présente des dangers réels s'il faut recourir forcément à des juges irrécusables : elle est utile si l'on est libre de ne pas s'y assujettir. Le projet repose sur ces bases, et il n'est que le résultat de ce que le conseil a précédemment arrêté. Et qu'on ne dise pas qu'il ne donne pas au gouvernement une garantie suffisante contre les esprits turbulents, qui ne viendront certainement pas soumettre leurs écrits à l'examen. L'article 17 pourvoit à ce cas : en obligeant tous les auteurs de se faire connaître, il donne le moyen d'exiger la représentation des écrits de ceux dont les noms inspireraient de la défiance. »

Mais l'archichancelier, duc de Cambacérès, n'admettait pas que la censure pût être volontaire ; il n'admettait pas qu'il pût y avoir des ouvrages qu'elle n'examinât pas. A cet égard son opinion était formelle, la voici :

« On suppose mal à propos qu'il est des ouvrages qui ne soient pas susceptibles d'examen. Le poison peut se cacher et circuler sous tous les titres. Il est possible qu'on le trouve dans de simples almanachs, dans des livres de jurisprudence et de médecine. Il est donc très-prudent d'obliger tous les auteurs à présenter leurs manuscrits au collége de censure et même à le signer et parafer, de peur qu'ensuite ils ne rétablissent des passages qu'ils auraient eu soin de soustraire aux regards des censeurs.

» Autrefois, on allait jusqu'à supprimer les livres même approuvés, et l'on punissait le censeur. Depuis, on a établi la maxime que chacun pourrait imprimer librement, sauf à répondre de ce qu'on imprimerait. Ce n'est là qu'une compensation dont il a toujours été difficile de régler les effets. Il est bien plus simple de soumettre tous les livres à un examen. Que si des erreurs graves échappent à l'attention du censeur, si ces erreurs sont de nature à faire supprimer l'ouvrage, il faut que les tribunaux seuls en soient juges et non l'administration. Affranchie de toutes règles et de toutes formes, elle pourrait être séduite et entraînée. »

Ainsi l'archichancelier ne se bornait pas à la censure : il cumulait les deux régimes : le régime préventif et le régime répressif.

Le comte Treilhard n'était pas de l'avis du duc de Cambacérès ; il faisait à la censure les objections suivantes :

« Toute censure pour arrêter l'impression des ouvrages dangereux est inutile : elle n'empêchera jamais d'imprimer et de distribuer ces ouvrages en secret : elle n'aura d'autre résultat que de leur donner plus de vogue et d'en faire augmenter le prix... On doit se borner à forcer l'auteur à signer son livre. Si le livre attaque des particuliers, l'offensé aura son recours devant les tribunaux. S'il attaque l'Etat, le ministère public pourra poursuivre l'auteur. Cependant, en supposant qu'on veuille établir une censure, on aura à décider si l'examen précédera ou suivra la publication du livre. S'il la précède, il est à craindre que des censeurs méticuleux, qui craindraient de se compromettre et qui n'auraient pas le loisir d'examiner avec soin cette foule de livres qu'on voit chaque jour éclore, ne prennent le parti d'interdire la publication du plus grand nombre. Il paraîtrait donc préférable de ne soumettre les ouvrages au jury qu'après l'impression, en l'autorisant à prononcer sur les réclamations qui pourraient survenir contre leur publicité.

» ... On se trouve engagé dans un défilé fort étroit : d'un côté, on doit craindre de s'opposer à la propagation des lumières et d'enchaîner la pensée ; de l'autre, il est impossible de ne pas arrêter la circulation des ouvrages qui blessent l'Etat ou les mœurs. Peut-être cependant qu'on s'en tirera par une distinction. Il faut prendre garde. en effet, que les ouvrages volumineux ne sauraient nuire qu'à la longue, et que dès lors on a le temps de découvrir le poison qu'ils recèlent, d'en prévenir et d'en arrêter les ravages, mais qu'il n'en est pas de même des feuilles journalières : c'est par celles-là que le venin se répand avec célérité, c'est donc aussi contre celles-là qu'on ne saurait prendre des mesures trop promptes, trop sévères. Néanmoins j'admets le système qui est présenté. Il me paraît tout concilier en ouvrant aux auteurs la faculté de soumettre leurs ouvrages à la censure. Les auteurs bien intentionnés, mais inquiets, prendront toujours cette précaution. Elle ne sera repoussée que par ceux dont les intentions sont mauvaises et qui par cela même demeureront à la discrétion du gouvernement.

» En France, l'expérience de la censure absolue est faite, puisqu'elle a existé. A-t-elle écarté les mauvais livres? Non ; elle les a fait vendre sous le manteau, vendre à plus haut prix et rendus l'objet d'une curiosité plus ardente.

» ... Montesquieu lui-même aurait de la peine à échapper à la sévérité de censeurs prévenus. D'ailleurs les membres du collége de censure seront des gens de lettres : et qui garantira qu'ils n'écarteront pas un ouvrage pour se débarrasser personnellement d'une concurrence dangereuse, ou qu'ils ne le retiendront pas pendant un temps considérable pour enrichir leurs propres écrits des idées qu'ils en tireront, et s'assurer ensuite de la priorité en gagnant de vitesse le véritable auteur ? Les exemples du plagiat sont-ils donc si rares? Enfin la censure absolue serait inutile. Jamais elle ne parviendra à arrêter la publication des écrits dans un territoire aussi vaste que celui de la France. »

Si cette dernière objection était fondée en 1809, sous le régime prohibitif le plus sévère et avant l'invention des chemins de fer ; si la censure, sous les règnes de Louis XV et de Louis XVI, a été impuissante à empêcher de pénétrer et de circuler en France les ouvrages imprimés en Hollande et en Suisse [1], à plus forte raison

---

[1] « Il est impossible, dans l'exécution, d'empêcher un homme qui entre dans le royaume ou dans Paris de porter avec lui un petit nombre de livres qu'il est censé lire dans sa route, et ce petit nombre souvent répété devient une édition entière. Mais il est inutile d'entrer dans le détail des expédients que le désir du gain peut suggérer pour tromper la police. L'expérience apprend qu'il y en a une infinité qu'aucune loi n'a pu prévoir et qui réussissent aux fraudeurs. »

DE MALESHERBES, *directeur de la librairie et de la littérature.*

« La censure ne peut rien sans la douane qui vient de l'étranger, et la Hollande nous inonda de livres philosophiques et l'Angleterre d'ouvrages républicains. Alors le commerce intérieur souffrait en pure perte de cette lucrative contrebande, et, par une lâche déception, on permit d'imprimer en France la plupart des ouvrages probibés, à condition qu'ils porteraient le titre mensonger d'une ville étrangère. »

PAGÈS (de l'Ariége), *Encyclopédie moderne.*

Effectivement le comte d'Argenson, voyant que les imprimeurs des pays non privilégiés gagnaient beaucoup d'argent, et de l'argent sorti de France, avait conclu qu'il valait mieux garder cet argent dans le

serait-elle impuissante sous le régime libre échangiste et depuis que le perfectionnement des voies de communication a centuplé et au delà le nombre des voyageurs de l'étranger en France et de France à l'étranger.

La censure sous la Restauration.

Oubliant les sages avis que Malesherbes, directeur de la librairie et de la littérature sous le règne de Louis XV (de 1750 à 1768), a légués aux princes et à leurs ministres dans ses cinq célèbres Mémoires sur la librairie et la liberté de la presse, — Mémoires publiés la première fois en 1809, par ordre de l'empereur Napoléon Ier, et la seconde fois en 1817; Mémoires dans lesquels était démontrée manifestement l'impuissance de la censure; — oubliant le décret du Sénat conservateur votant le 3 avril 1814 [1] la déchéance de son immortel fondateur; oubliant

royaume pour les imprimeurs et les libraires français que de le laisser passer à l'étranger. Malesherbes avait donc bien raison lorsqu'il disait en 1759 : « Je ne connais qu'un moyen pour faire exécuter les « défenses : c'est d'en faire peu. »

[1] *Décret du Sénat conservateur portant que Napoléon Bonaparte est déchu du trône, et que le droit d'hérédité établi dans sa famille est aboli :*

« Le Sénat conservateur, considérant que, dans une monarchie constitutionnelle, le monarque n'existe qu'en vertu de la Constitution ou du pacte social;

. . . .

» Considérant que la liberté de la presse, établie et consacrée comme l'un des droits de la nation, a été constamment soumise à la censure arbitraire de sa police et qu'en même temps il s'est toujours servi de la presse pour remplir la France et l'Europe de faits controuvés, de maximes fausses, de doctrines favorables au despotisme et d'outrages contre les gouvernements étrangers;

les tardifs aveux faits à Benjamin Constant, en 1815, par le fugitif de l'île d'Elbe [1], la Restauration ayant, après les Cent-Jours, définitivement succédé à l'Empire, la censure trouva, pour ne citer que le plus illustre, un ardent défenseur dans le vicomte de Bonald s'exprimant ainsi :

« Quel moyen avait pris autrefois l'autorité pour conserver aux citoyens le juste droit de publier leurs opinions, et pour garantir en même temps la société et les écrivains eux-mêmes des erreurs de leur esprit?

» Elle avait établi une censure préalable sur les écrits, institution vraiment libérale, qui investissait des hommes graves, instruits, connus par leur capacité et la droiture de leur esprit et de leur cœur, de la fonction toute paternelle d'éclairer, de reprendre les écrivains et, en ménageant leur amour-propre et même leurs intérêts, de leur épargner la dure censure du public et l'inflexible rigueur des tribunaux. Que faisait l'autorité autre chose en donnant des censeurs aux écrivains, préalablement à l'impression de leurs ouvrages, que ce qu'un auteur sensé doit faire lui-même, en demandant sur ses productions l'avis d'amis sages et éclairés? Et n'est-ce pas le conseil que donnent aux hommes de lettres les critiques les plus judicieux? En vain on dirait que les censeurs étaient dépendants, passionnés, hommes de parti ; qu'ils pouvaient manquer de connaissances et de lumières ; on peut en dire autant des juges, des jurés, des critiques, de tout le monde, et ce n'est pas une objection contre un système qu'une allégation gratuite qu'on peut opposer absolument à tous les systèmes.

» Et qu'on ne dise pas que la censure découragerait le génie :

» Que des actes et rapports entendus par le Sénat ont subi des altérations dans la publication qui en a été faite ;

. . . .

» Le Sénat déclare et décrète ce qui suit :

» Art. 1er. Napoléon Bonaparte est déchu du trône, et le droit d'hérédité établi dans sa famille est aboli. »

[1] « Des discussions publiques, des élections libres, des ministres responsables, la liberté de la presse, je veux tout cela, la liberté de la presse surtout !... L'étouffer est absurde... Je suis convaincu sur cet article. »

Benjamin Constant. *Lettres sur les Cent-Jours.*

rien ne décourage le génie, pas même les saisies et les confiscations, parce que le génie est essentiellement bon, ou autrement il n'est que du bel esprit ; mais je vais plus loin, et j'ose avancer qu'il n'y a pas, qu'il ne peut y avoir une seule production de l'esprit humain qui soit ou qui puisse être *nécessaire* à la société, et qu'il y en a un grand nombre qui lui ont été funestes. Et c'est sous ce point de vue général qu'un gouvernement doit considérer la question qui nous occupe.

» Je ne crains pas de dire qu'elle ne sera jamais résolue à l'avantage des auteurs et de la société tant qu'on s'obstinera à ne vouloir que punir et point prévenir ; et que faire un règlement général sur d'autres bases, c'est chercher une issue dans un lieu fermé »

« ... Il n'y a que trois partis à prendre sur les écrits périodiques :

» 1° Liberté entière, absolue, illimitée, sans contrôle ou répression d'aucune espèce, préalable ou subséquente ;

» 2° Répression judiciaire ;

» 3° Censure.

» Personne, du moins en théorie, ne voudrait de la liberté absolue, ou plutôt d'une licence sans frein ; et s'il en est qui la désirent, ils n'oseraient l'avouer.

» Reste donc la répression judiciaire et la censure préalable ; or je ne crains point d'avancer que la répression judiciaire des abus de la presse est inutile, dangereuse, impossible même. Les nombreuses lois répressives de la licence de la presse portées depuis la Restauration en ont donné la preuve, et la dernière loi adoptée à la Chambre des députés et retirée de celle des pairs aurait complété la démonstration. Aussi a-t-on vu, depuis 1815, la licence croître à mesure que les lois répressives et même les condamnations se sont multipliées.

» L'erreur de nos lois sur cette matière est de n'avoir vu le délit de la publication que dans la vente de l'écrit à bureau ouvert, au lieu de le voir dans l'impression. Tout écrit imprimé est un écrit publié, et je défie qu'on cite un seul ouvrage remarquable par le nom de l'auteur, l'intérêt du sujet ou le mérite de la composition et du style, qui, une fois imprimé, n'ait pas été tôt ou tard connu du public.

» Ainsi, quand l'écrit est imprimé, le mal est fait, et la condamnation postérieure de l'auteur par les tribunaux, en piquant la curiosité du public, ne fait que mieux connaître ce qui aurait dû rester ignoré.

» Les poursuites judiciaires donnent lieu à une plaidoirie toujours plus scandaleuse que l'écrit poursuivi, dans laquelle un défenseur ne fait qu'étendre et justifier, devant un nombreux auditoire, ce que l'accusé a écrit de plus séditieux ou de plus impie ; et cette plaidoirie, reproduite dans les feuilles publiques, devient elle-même un mauvais écrit de plus. Les exemples récents ne manquent pas.

» Nos lois précises ne punissent de délit que celui de l'expression : et quelles facilités n'offre pas la langue française, si souple et si rusée, à l'esprit français, si moqueur et si fin, pour envelopper des pensées coupables d'expressions innocentes, pour déguiser ce que l'on veut dire, ou faire entendre ce que l'on ne dit pas ! L'appréciation du degré de culpabilité d'un écrit est une opération tout intellectuelle, dans laquelle chaque juge peut avoir une opinion différente, selon le degré de son intelligence et la portée de son esprit ; les uns y voient mieux ou autrement que les autres ; il devient impossible de concilier les dissentiments, surtout lorsque aucun tribunal supérieur ne peut revoir les jugements, et l'acquittement seul peut mettre tout le monde d'accord.

» Enfin, et cette dernière considération est d'une haute importance, aujourd'hui que les écrits jouent un si grand rôle dans la société, la répression judiciaire de la licence de la presse met les agents amovibles du gouvernement à la merci d'une magistrature inamovible, et donne à celle-ci une existence politique que la Charte lui refuse, et je ne crains pas de dire que la magistrature en France est trop forte pour le gouvernement. Un tribunal qui marche d'accord avec le gouvernement se confond avec lui, comme la fonction se confond avec le pouvoir dont elle émane ; mais s'il résiste au gouvernement, ou seulement s'il l'abandonne pour marcher seul dans ses propres voies, il n'est plus fonction ; il s'érige en pouvoir indépendant, et tous les efforts du gouvernement pour le ramener à lui et obtenir son appui échouent et se brisent contre son inamovibilité. Les résistances des parlements sur le fait d'impôts devenus nécessaires (car les parlements ne refusaient jamais justice à l'autorité royale contre les délits de la presse) ont hâté la chute de l'ancien gouvernement ; et le déni de justice de la part des tribunaux actuels aurait le même effet, si l'on pouvait supposer que des juges égarés par un vain désir de popularité, par des motifs personnels d'ambition ou de ressentiment, ou faute de vues politiques étrangères à leurs travaux habituels et à leurs connaissances judiciaires, refusassent au gouvernement l'appui qu'il leur demande.

» Il ne faut pas s'y tromper, le parti libéral n'a demandé avec tant d'instance et d'opiniâtreté la répression judiciaire des délits de la presse que parce qu'il sait très-bien qu'elle est inutile, dangereuse, impossible même par les tribunaux ; plus inutile, plus dangereuse, plus impossible encore par le jury. Si la répression judiciaire eût été possible, ce même parti aurait demandé la censure, et le mot *réprimer*, sur lequel il a tant chicané, ne l'aurait pas embarrassé.

» Il ne reste donc que la censure, moyen le seul efficace, le seul moral, le seul humain qui puisse rassurer la société sans rigueurs contre les personnes. Aussi a-t-elle été la première pensée de tous les peuples civilisés qui ont voulu se défendre contre la licence des écrits; aussi a-t-elle été pratiquée en France aux plus beaux jours de notre littérature et envers nos plus célèbres écrivains ; aussi l'est-elle encore dans toute l'Europe, l'Angleterre exceptée, qui traite la liberté de la presse avec indifférence, ne lui permet de prendre aucune influence sur les résolutions du cabinet, l'abandonne aux oisifs de café, et ruine auteurs et imprimeurs lorsqu'ils vont trop loin.

» Et croit-on que les hommes raisonnables qui écrivent dans les journaux ne sentent pas aujourd'hui le danger de confier à tous les esprits, même les plus faux, les plus passionnés, les moins instruits, la terrible liberté d'endoctriner tous les jours, en religion et en politique, un public composé partout, en plus grande partie, d'esprits faux, ignorants et passionnés ; de mettre cette arme meurtrière de la presse à la disposition continuelle de l'orgueil, de la cupidité, de l'ignorance, de l'ambition, du ressentiment ?

» Les adversaires de la censure vont jusqu'à prétendre que cette liberté illimitée d'écrire est une des libertés publiques, et la plus précieuse de toutes. C'est un étrange abus de mots que d'appeler libertés publiques, c'est-à-dire apparemment liberté de l'Etat tout entier, la spéculation particulière de quelques jeunes anonymes qui exploitent à leur profit, et comme une industrie ou une propriété patrimoniale, la religion, le gouvernement, les lois, l'administration, s'érigent en juges de toutes les opérations, en censeurs de toutes les autorités, etc.; et, fiers d'un talent d'écrire si commun aujourd'hui, décorent du nom de liberté la tyrannie de leurs opinions, qu'ils imposent à la crédulité du public, devenu l'esclave de leurs erreurs, de leurs préjugés et de leurs passions. Et combien de jeunes gens aujourd'hui qui se targuent de leur indépendance et ne sont eux-mêmes que les malheureux serfs de quelque haut et puissant seigneur de l'empire littéraire !

» Ainsi je crois avec une entière conviction qu'il n'y a de véritable liberté de la presse, ou de liberté littéraire, que sous la garantie d'une censure qui en écarte la licence des pensées, comme il n'y a de liberté civile que sous la garantie des lois qui empêchent le désordre des actions; et comme les pensées séditieuses inspirent les actions criminelles et les précèdent, il y a raison et analogie à prévenir la licence des pensées et à punir la licence des actions.

» La censure est un établissement sanitaire fait pour préserver la société de la contagion des fausses doctrines, tout semblable à celui qui éloigne la peste de nos contrées, et dont les citoyens les plus recommandables s'honorent de faire partie. »

Vous venez de le voir, monsieur le ministre, les raisons les plus spécieuses, les raisonnements les plus captieux ne manquent à aucune cause, lorsque cette cause a pour défenseur un écrivain illustre ou seulement habile.

Après avoir lu cette apologie de la censure par le vicomte de Bonald, il faut en lire la critique par le vicomte de Chateaubriand :

« On a vu la censure en France avec la Charte. Comment les choses ont-elles été? Tout de travers. En 1815, nous avons eu le 20 mars ; en 1816, l'ordonnance du 5 septembre, et le reste.

» Ce qu'il y avait de pis sous la censure, c'est que la liberté de la presse n'était pas supprimée de fait ; elle était seulement en régie entre les mains d'un ministère qui la refusait aux royalistes par haine, l'accordait aux révolutionnaires par peur, et l'affermait aux ministériels moyennant certain servage, peines de corps, corvées et autres travaux domestiques.

» ... Soyons justes : il se peut que les ministres aient eu à se plaindre de quelques attaques personnelles trop violentes. Mais s'ils sont justes à leur tour, ils conviendront qu'en abusant de la censure de la manière la plus odieuse, ils avaient préparé ces inévitables récriminations. Comment ont été traités les plus honnêtes gens de la France dans les journaux censurés? Quels services n'ont point été méconnus, quels talents n'ont point été insultés, si ces services, si ces talents se trouvaient dans une opposition que le gouvernement représentatif fait naître? Qui ne se rappelle le déplorable article apporté, au nom d'un ministre par un gendarme, au *Journal des Débats* ; article où l'on outrageait un prisonnier qui n'était pas même en état de prévention? Et ce prisonnier était le sauveur de Lyon, le général Canuel que les tribunaux ont vengé de la plus stupide comme de la plus noire des calomnies. Les ministres ont-ils oublié cette prétendue conspiration dans laquelle ils ont voulu nous envelopper? Ont-ils oublié les interrogatoires étranges dont nous avons été l'objet? Ont-ils oublié la *Correspondance privée* qui, pendant trois ans, a vomi contre nous les plus lâches calomnies? Les ministres, par ces attaques qu'aggravaient les journaux sous leurs ordres, ne se contentaient pas de marquer une simple dissidence politique ; ils ne prétendaient à rien moins qu'à faire tomber nos têtes : et aujourd'hui ils s'étonnent qu'un peu de chaleur reste encore au fond de l'opinion de ces hommes qu'ils ont si indignement persécutés !

» Mais après tout, faut-il renoncer au gouvernement constitutionnel, abandonner nos libertés, parce que la liberté de la presse moleste et fatigue quelques hommes en place ? Faites-vous un bouclier de votre mérite, et les traits que vous lance l'ennemi tomberont à vos pieds. Sans doute, si vous mettez au pouvoir un homme sans capacité, ou un homme que la morale repousse, il sera vulnérable de toutes parts ; il souffrira beaucoup des attaques personnelles. Mais ces attaques ont-elles jamais nui à un homme qui valait quelque chose par lui-même ? Les injures du *Morning Chronicle* ont-elles jamais déterminé M. Pitt à demander au Parlement un bill de censure ? Un homme public, dans un gouvernement constitutionnel, ne doit pas être si chatouilleux. Qu'il nous soit permis d'en appeler à notre propre expérience : s'il y a quelqu'un dans le monde qui ait le droit de se plaindre des outrages des journaux, c'est nous. Objet d'une double attaque littéraire et politique, que ne nous a-t-on point dit depuis vingt ans ? Les gazettes de M. Fouché nous ont traité comme celles de M. le comte Decazes. Qu'en est-il résulté ? Les personnes qui nous accordaient leur estime ne nous l'ont pas retirée, et l'on a fait lire un peu plus les ouvrages qu'on voulait proscrire. Nous pouvons donc assurer que les coups portés à un honnête homme ne font aucun mal. *Pæte, non dolet.*

» Si, d'ailleurs, les ministres prétendaient nous enlever la liberté de la presse, de quel moyen se serviraient-ils ? D'une loi ? Elle ne passerait pas aux Chambres. Il serait aussi trop fort de venir, après une courte expérience de huit mois, nous demander de nous contredire honteusement, nous prier de sacrifier à l'insuffisance ministérielle la plus nécessaire de nos libertés. Emploierait-on une ordonnance ? Mais une ordonnance ne peut détruire une loi, une loi si récemment, si solennellement portée. Il suffirait d'un seul journaliste, d'un seul écrivain qui refusât d'obéir pour déterminer une violente explosion de l'opinion publique. Nous pensons, et nous l'avons dit, que certains hommes d'Etat voudraient confisquer la Charte au profit de l'article 14 ; mais nous n'en sommes pas encore là. Ceux qui se figurent qu'on pourrait impunément suspendre la Constitution, torturer les mots de la Charte pour en tirer l'arbitraire, connaissent bien peu la force des choses qui nous entraîne et la capacité des hommes qui croient nous diriger.

» Nous le répéterons : si les ministres veulent se soustraire aux petites tribulations que leur cause la liberté de la presse, ils n'ont qu'à se placer dans une des deux opinions dominantes ; c'est à eux de choisir l'une ou l'autre.

» ... Le phénomène de l'influence des journaux royalistes parmi nous (phénomène qui pourtant n'en est pas un) ne cesse de confondre les hommes démocratiques. Ces hommes veulent, en théorie, la liberté de la presse ; mais aussitôt qu'elle est accordée, ils reculent devant la pratique. Ils s'épouvantent des effets qu'ils n'attendaient pas ;

ils s'étonnent que la liberté de la presse abandonne la Révolution, que cette liberté se range du côté de ceux si injustement désignés comme les ennemis de toute idée généreuse. Néanmoins ces hommes, avec un peu d'impartialité, ne devraient-ils pas conclure que les mœurs naturelles de la France sont les mœurs où la foule est le plus facilement ramenée? Si dans le combat des doctrines il en est une qui obtienne toujours la victoire, n'est-il pas évident que cette doctrine est la plus forte? Or, nulle doctrine ne triomphe, à la longue, qu'elle ne soit fondée en raison et en justice. Donc l'opinion royaliste, qui domine parmi nous lorsqu'elle est libre, est l'opinion française, comme elle est l'opinion juste et raisonnable.

» Tout considéré, nous ne voyons que le crime, la bassesse et la médiocrité qui doivent craindre la liberté de la presse : le crime la redoute comme un échafaud, la bassesse comme une flétrissure, la médiocrité comme une lumière. Tout ce qui est sans talent recherche l'abri de la censure : les tempéraments faibles aiment l'ombre. »

A cette critique de Chateaubriand, il convient d'ajouter ces paroles de Benjamin Constant le 30 mai 1828 :

« La censure, violation insolente de nos droits, assujettissement intolérable de la partie éclairée de la nation à sa partie vile et stupide, gouvernement des muets au profit des vizirs, et, grâce au ciel, qui a pris en pitié l'intelligence humaine insultée, source désormais de plus d'agitations, de défiances, de mécontentements et d'irritations que la licence même de la presse n'en saurait créer; la censure serait aujourd'hui une déclaration de guerre contre la nation; ce serait lui dire : Nous voulons vous opprimer sans que vous puissiez vous plaindre, non-seulement vous écrivains, ou vous journalistes, mais vous tous, propriétaires, manufacturiers, citoyens, artisans, ouvriers, qui tous pouvez avoir besoin de la publicité pour réclamer contre l'oppression. Nous voulons vous condamner au silence, parce que nous prétendons gouverner de telle sorte que chaque parole qui s'échapperait de votre bouche serait contre vous une accusation...

» Veut-on ravir aux hommes leurs droits? il ne faut rien faire à demi. Ce qu'on leur laisse leur sert, grâce au ciel, à reconquérir ce qu'on leur enlève. La main qui reste libre dégage l'autre de ses fers. »

L'exercice de la censure intermittente n'a pas empêché la Restauration de 1814 de s'écrouler, après quinze années de règne.

L'abolition de la censure n'a empêché ni la Royauté de 1830 de régner pendant dix-huit ans, ni l'Empire de 1852 de poursuivre son œuvre. De 1830 à 1864, trente-quatre années se sont écoulées sans que la pensée des auteurs ait légalement été aux prises avec les ciseaux des censeurs. S'en aperçoit-on à la faiblesse du pouvoir, au déclin des croyances religieuses et au relâchement des mœurs? Avant 1789, les mœurs étaient-elles plus sévères, les croyances religieuses plus profondes, les mœurs plus austères? Qui pense maintenant à rétablir la censure? Et si l'on y pensait, comment s'y prendrait-on pour empêcher les ouvrages imprimés en Belgique et en Angleterre d'entrer en France [1]? Qui de nous, depuis 1852, n'a reçu sous enveloppe, par la poste, une multitude de feuilles imprimées en caractères microscopi-

---

[1] « A cette époque (1788), malgré la censure et la surveillance, la France était inondée de brochures prohibées. Comment la même chose n'arriverait-elle pas aujourd'hui?

» ... Aujourd'hui que le système continental est détruit et que la France a cessé d'être une île inabordable aux autres peuples européens, il est impossible d'empêcher que les brochures dont on interdirait l'impression en France n'y pénétrassent de l'étranger. La grande confraternité de la civilisation est rétablie : des voyageurs nombreux accourent déjà pour jouir de la liberté, de la sûreté, des avantages de tout genre qui nous sont rendus. Les arrêtera-t-on sur la frontière? Mettra-t-on sous le séquestre les livres qu'ils auront apportés pour leur usage? Sans ces précautions, toutes les autres seront inutiles. Les livres ainsi apportés seront à la disposition des amis du propriétaire et des amis de ses amis. Or l'intérêt spéculera bientôt sur la curiosité générale : des communications secrètes s'établiront. Toutes les fois qu'une chance de gain se présente, l'industrie s'en empare, et, sous tout gouvernement qui n'est pas une tyrannie complète, l'industrie est invincible. »

BENJAMIN CONSTANT. *De la liberté des brochures.*

ques si fins, que trois ou quatre feuilles contenaient la matière d'un volume ?

Lorsqu'on relit tout ce qu'un homme de génie tel que Napoléon Ier a pu dire sur la nécessité de la censure, tout ce qu'un écrivain d'un grand talent, le vicomte de Bonald, a pu écrire pour la justifier et la glorifier, n'est-il pas permis de se demander si tout ce qui se dit, si tout ce qui s'écrit encore sur la nécessité de la répression est plus fondé, et si la société, aux prises avec la liberté de la presse, ne se passerait pas tout aussi bien de répression qu'elle se passe de censure ?

---

§ II. DU RÉGIME RÉPRESSIF

Essais législatifs tentés de 1790 à 1852.

En 1790, l'abbé Sieyès, rapporteur du premier projet de loi sur les délits de la presse émané en France de l'initiative d'une Assemblée délibérante, confessait en ces termes les difficultés de toute répression efficace sans tomber dans la suppression arbitraire :

« La loi que nous vous proposons n'est pas parfaite ; elle n'est même pas aussi bonne qu'il sera facile de la faire dans deux ans... Nous cacherions mal à propos la moitié de notre pensée en ne disant point que, dans son état d'imperfection, cette loi nous paraît, en ce genre, la meilleure qui existe en aucun pays du monde. »

Telle ne fut pas l'opinion de la majorité de l'Assemblée constituante, car trouvant « *inapplicable* » le projet de loi si longuement élaboré par l'abbé Sieyès, elle ne le discuta même pas. Il est resté à l'état de pièce curieuse enfermée dans quatre numéros du *Moniteur*. Quelques mois après, les membres des comités de constitution, de révision et de judicature réunis, ayant entrepris à leur tour de réprimer les abus de la presse, faisaient la déclaration suivante :

« Nous avons eu quinze conférences sur cet objet, et, après avoir beaucoup réfléchi, nous avons reconnu qu'il est impossible de faire une bonne loi à cet égard. »

En 1792, Lepelletier Saint-Fargeau, combattant avec force un projet de décret présenté à la Convention par Buzot, contre les provocations au meurtre et à l'assassinat, disait :

« Le projet de loi qui vous est soumis atteint la liberté de la presse.

Il serait, sans doute, très à souhaiter que cette liberté ne dégénérât jamais en licence; mais la route par laquelle il faut poursuivre ces abus est difficile à trouver. Il est difficile, en ce point, de faire une loi répressive qui ne porte pas atteinte à la liberté des écrits et des discours. Lorsqu'on l'a approfondi, le problème paraît insoluble. »

En 1817, M. le comte Siméon disait :

« La loi n'a pas pu et ne pourra jamais définir les délits de la presse, pas plus qu'on ne peut définir, si ce n'est d'une manière générale, ce que c'est que l'injure, la calomnie ; ce que sont des discours séditieux. »

Ces paroles, profondément sensées, sont restées aussi vraies en 1864 qu'elles l'étaient en 1817, il y a quarante-sept ans.

M. Camille Jordan ajoutait :

« Qui jugera la presse la possédera. Par elle, il influencera l'opinion, par cette opinion les électeurs, les Chambres, le gouvernement, toutes nos constitutions, toutes nos doctrines. Là, en un mot, sera le pivot, la clef de voûte de tout notre édifice public. »

En 1819, M. le duc de Broglie écrivait dans son mémorable rapport :

« Il n'y a point de loi à faire sur la liberté de la presse, parce que cette liberté existe par elle-même, et qu'aucune loi, d'ailleurs, ne possède la vertu de créer et de mettre en activité la liberté.

» Il n'y a point de loi à faire sur les délits de presse, parce que ces délits n'existent pas, du moins comme délits d'une nature particulière ; parce que le législateur ne doit point multiplier les qualifications sans raison, ni constituer des distinctions là où la nature n'en avait pas mis avant lui. »

Belles paroles, qui n'ont pourtant pas empêché qu'on ne fît les lois, ordonnances et décrets qui suivent :

17 mai, 20 mai, 9 juin 1819 ;
31 mars, 1er avril, 23 et 26 juillet 1820 ;
17 mars, 31 juillet 1821 ;
25 mars, 15 août 1822 ;
15 et 16 août, 29 septembre 1824 ;

24 juin, 8 et 12 juillet, 5 novembre 1827;
18 et 29 juillet 1828;
25 juillet, 14 août, 8 octobre, 10 et 20 novembre, 14 décembre 1830;
8 avril 1831;
15 février 1833;
9 septembre 1835;
29 février, 2 mars, 4 mars, 9 août 1848;
27 juillet 1849;
16 juillet 1850;
17 février 1852.

Ce dernier décret, le décret organique régissant la presse et date du 17 février 1852, diffère en ce qui suit des lois antérieures, sans remonter plus haut que la loi du 21 octobre 1814 :

L'autorisation préalable imposée par la loi du 21 octobre 1814, supprimée par la loi du 9 juin 1819, de nouveau imposée par la loi du 31 mars 1820, de nouveau supprimée par la loi du 18 juillet 1828, de nouveau imposée par l'une des ordonnances du 25 juillet 1830, mais restée sans exécution; l'autorisation préalable, dont je dirai ce que je pense lorsque j'en serai au régime restrictif, l'autorisation préalable n'existait plus depuis vingt-quatre ans : le décret de 1852 l'a exhumée du tombeau des ordonnances de Juillet, de ces ordonnances qui allumèrent la révolution de 1830.

Le droit d'avertissement n'existait pas : le décret de 1852 l'a imaginé.

Le droit de suspension d'un journal existait dans la loi du 18 juillet 1828, mais la suspension ne pouvait être prononcée qu'en cas de récidive et que par la voie judiciaire : le décret de 1852, tout en maintenant ce droit aux tribunaux, l'a étendu et conféré à l'administration.

Le droit de suppression d'un journal n'avait vécu qu'un instant dans la loi du 20 mars 1820 : le décret de 1852 l'a écrit dans son article 32, où il est en vigueur depuis douze ans.

Le jury, appliqué aux crimes et délits de la presse par la loi du 10 octobre 1830, fonctionnait depuis vingt-deux ans : le décret de 1852 l'a supprimé.

Le compte rendu des procès pour crimes et délits de presse n'était pas interdit [1] ; il était de droit commun : le décret de 1852 a érigé en règle cette interdiction.

Du droit d'avertissement.

L'exercice du droit d'avertissement a ce double effet : il amoindrit le gouvernement qui donne l'avertissement et grandit le journal qui le reçoit.

Il amoindrit le gouvernement, en ce qu'il le montre assez peu occupé des grands intérêts généraux par lesquels on le suppose communément absorbé, pour faire attention à un mot, à une phrase, à un article de journal ; il amoindrit le gouvernement, en ce qu'il le montre assez peu confiant en sa force et en sa durée pour craindre ou paraître craindre qu'un article, une phrase, un mot, qui seraient passés inaperçus ou qui eussent été tout de suite oubliés, puissent y porter atteinte.

Il grandit le journal, en ce qu'il en constate l'indé-

[1] L'article 10 de la loi de septembre 1835 interdisait seulement aux journaux et écrits périodiques de rendre compte des procès pour outrages ou injures, et des procès en diffamation.

pendance ; il grandit le journal, en ce qu'il en augmente d'autant plus l'autorité qu'elle était déjà plus grande, et qu'il la raffermit si elle était ébranlée. Dès qu'un article a été averti, tout le monde veut le lire et chacun le commente. Le public se transforme aussitôt en tribunal suprême qui pèse dans ses balances l'avertissement et l'article, le gouvernement et le journaliste : à ce tribunal c'est rarement le journaliste qui est condamné.

L'avertissement — disent ses défenseurs — exerce une intimidation salutaire ; il rend les journaux circonspects. Cela est inexact : il les rend hypocrites. Au lieu de dire franchement leur pensée, les journalistes s'enveloppent d'un voile ; mais si épais qu'il soit, ce voile reste toujours transparent et ne trompe jamais aucun œil exercé. Alors il s'établit entre l'écrivain et le lecteur un accord tacite qui prête au mot le plus insignifiant la signification la plus hostile et en assure l'impunité. Le résultat le plus net de cette persécution, au moins inutile, c'est de donner au gouvernement des airs farouches de tyran et de faire paraître la liberté plus aimable, plus attrayante. Aussi l'Autriche, qui avait emprunté à la France le régime des avertissements, y a-t-elle renoncé, non sans doute par amour pour la liberté, mais dans l'intérêt du pouvoir.

Du droit de suspension.

L'exercice du droit de suspension n'est possible qu'autant qu'il se combine avec l'autorisation préalable. La suspension, je le reconnais, peut nuire au journal qui l'a encourue, mais comme elle profite aux autres journaux de la même opinion, qu'est-ce que le gouvernement y gagne, sinon de paraître ombrageux, peureux et rigoureux ?

Pendant les deux mois qu'un journal est suspendu, tous ceux de ses lecteurs qui l'affectionnaient, tous ceux de ses lecteurs qui en attendent impatiemment la réapparition deviennent autant de détracteurs animés et d'adversaires actifs du gouvernement, sans compter tous les ouvriers typographes, les correcteurs, les conducteurs, les margeurs, les plieuses, les porteurs, etc., que cette suspension condamne injustement à la grève involontaire et à une amende indirecte qui équivaut à deux mois de paye. Il est dans la nature des choses que tous ceux qui souffrent de cette suspension prononcée par le gouvernement s'en fassent une arme pour l'attaquer et un argument pour démontrer, le fait en main, jusqu'à quel point la liberté manque à la France, à ce grand pays, si petit sous le rapport de la liberté lorsqu'on le compare à la Belgique et à la Suisse, qui comptèrent cependant au nombre des départements français ! Si les Belges et les Suisses étaient restés Français, dirait-on qu'ils ne sont pas mûrs pour la liberté de la presse, et, sans égard pour leurs protestations, les soumettrait-on au régime discrétionnaire dont le droit de suspension est l'un des échelons ?

Du droit de suppression.

L'exercice du droit de suppression n'est également possible qu'autant que, lui aussi, il se combine avec l'autorisation préalable. Supprimer un journal qui peut représenter le fruit de dix, de vingt, de cinquante, de soixante-quinze années d'efforts et de sacrifices, de talent et de courage, même d'abnégation ; qui peut valoir un million, deux millions, trois millions, c'est incontestablement porter au principe de la propriété une grave atteinte. Si la propriété tire sa légitimité du travail, quelle propriété est plus légitime que celle d'un journal, telle que, par exemple, celle du *Journal des Débats*, fondé en 1789? Quel exemple détestable un gouvernement qui supprime un journal n'aura-t-il pas donné au peuple le jour où celui-ci, ainsi que cela est arrivé déjà plus d'une fois, se met en possession du pouvoir et peut détruire telle propriété particulière ou publique qui éveille ses défiances ou irrite ses colères ! Dans ce cas, que fait le peuple, sinon d'imiter le détestable exemple qui lui a été donné ? Mais le droit de suppression des journaux n'est pas seulement condamnable au point de vue que je viens d'indiquer : il l'est aussi au point de vue de l'affaiblissement de la presse, but que doit poursuivre logiquement tout gouvernement imbu de la pensée que la presse est un pouvoir redoutable. N'est-ce pas à la concentration de la presse opposante que profite la disparition de tout journal supprimé ? Si le gouvernement supprimait le *Journal des Débats*, la *Presse* et le *Temps*, les abonnés de ces trois journaux n'iraient-ils pas grossir encore le nombre des abonnés du *Siècle?* Si le gouvernement supprimait le *Siècle*, les abonnés de ce journal ne courraient-ils pas en foule aux bureaux du *Journal des Débats*, de la *Presse* et du *Temps*, pour s'y faire inscrire sur leurs listes d'abonnements ? Qu'est-ce que le gouvernement y aurait donc gagné ?

Le gouvernement supprimât-il tous les journaux aspirant à la liberté, est-ce qu'il supprimerait la voix gênante dont ils n'étaient que les retentissants échos ? Le gouvernement allât-il jusqu'à étouffer cette voix importune, est-ce que le silence mortel qui se ferait autour de lui ne l'accuserait pas plus hautement que ne l'eussent accusé tous les journaux supprimés ?

L'impuissance du droit de suppression des journaux est égale à sa violence. C'est un de ces droits dont les avantages sont aussi nuls que les dangers en sont grands.

Du jury en matière de presse.

J'approuverais et je louerais sans réserve la suppression du jury appliqué à la répression des crimes et des délits de la presse, si cette suppression, consommée par le décret de 1852, avait été pure et simple ; si elle n'avait pas eu pour objet et pour effet de soustraire les journaux à la compétence du jury, pour les placer exclusivement sous la juridiction des tribunaux de police correctionnelle.

N'admettant pas qu'il y ait des crimes et des délits de la pensée, s'exprimant par la parole, l'écriture ou l'imprimerie, je n'admets pas plus en matière de presse la compétence des jurés que la compétence des juges. Sur ce point, je me sépare complétement de tous les grands orateurs et de tous les publicistes célèbres qui se sont accordés à voir, dans l'application du jury aux prétendus crimes et délits de la pensée imprimée, une garantie pour la presse contre les excès du pouvoir et une garantie pour la société contre les dangers de la presse.

Du jury sous la République.

En 1790, à l'Assemblée constituante, le 20 janvier, l'abbé Sieyès, rapporteur du comité de constitution, se déclarait en ces termes pour l'institution du jury :

« La décision du fait par un jury est la meilleure réponse que nous puissions faire à ceux qui trouveraient qu'il reste encore du vague dans quelques-uns des articles de loi que nous proposons.

» L'institution du jury est la véritable garantie de la liberté individuelle et publique contre le despotisme du plus redoutable des pouvoirs. Il sera essentiel d'employer tôt ou tard le ministère des jurés pour la décision de tous les faits en matière judiciaire. »

En 1791, le 22 août, prenant la parole dans la discussion des articles additionnels relatifs à la liberté de la presse, Barnave se prononçait en ces termes en faveur de l'application du jury :

« Ce qui me paraît résulter le plus clairement de ce qui a été dit jusqu'à présent pour ou contre l'article, c'est qu'il est extrêmement difficile de déterminer d'une manière précise sur quoi peut porter la prohibition de la presse, ou plutôt, car il n'existe pas de prohibition de la presse, la responsabilité résultant de la liberté de la presse. Le résultat que je tire de la difficulté de déterminer clairement ces points, c'est qu'ils ne peuvent pas être constitutionnels. Les véritables points constitutionnels, relativement à la presse, se réduisent à ces deux-ci, et c'est ainsi que l'avaient d'abord agité vos comités, et que, même dans la discussion qui a eu lieu depuis dans leur sein, la plupart des membres l'ont pensé : l'un, de publier et imprimer librement ses pensées, c'est-à-dire qu'il ne peut pas y avoir de censure ; qu'il ne peut y avoir aucun frein qui empêche tout homme, citoyen d'un pays libre, d'imprimer et de publier ses pensées ; le second, c'est que les actions auxquelles peut donner lieu l'abus de cette liberté *ne peuvent être portées que devant des jurés*. Voilà ce qu'il y a de véritablement constitutionnel relativement à la presse.

» Quant aux objets sur lesquels cette responsabilité peut porter, c'est une matière purement législative. Vous avez déjà fait vous-mêmes votre loi à cet égard, et les préopinants l'ont déjà citée. Les législatures prochaines ou conserveront cette loi, ou, par l'expérience des principes de la liberté ou de la sûreté publique, pourront la perfectionner ; mais elles ne pourront jamais rien changer à ces deux principes, à savoir : 1° qu'on ne peut empêcher nul homme de publier sa pensée, sauf à en répondre dans les cas que la loi a déterminés ; 2° que, lorsqu'il a failli devant la loi, l'action à exercer devant la loi ne peut être portée que devant les *jurés*.

» J'appuie ce système par deux considérations : la première répond complétement aux objections tirées de l'exemple de l'Angleterre. Il y est reconnu que la seule gêne illégale et oppressive qui existe en Angleterre contre la liberté de la presse résulte de ce que les délits de la presse n'y sont pas examinés par des jurés, mais bien seulement pas des juges, et par des juges nommés par le roi ; c'est sur ce point-là que portent les plaintes et les réclamations, et il est universellement connu dans ce pays qu'il ne peut exister de véritable garantie de la liberté de la presse que par le jugement par jurés, attendu que ce jugement, donnant une libre et large faculté aux récusations, mettant le jugement aux mains des pairs, de concitoyens, d'hommes qui ont les mêmes intérêts, qui peuvent courir les mêmes dangers que celui qui est accusé, met plus réellement sa liberté à couvert que toute autre précaution légale. S'il attaque les pouvoirs constitués d'une manière légitime, d'une manière à prévenir leur oppression, alors il trouve dans ses concitoyens, qu'il a pour ainsi dire choisis pour juges par le grand nombre de ses récusations, des hommes qui protégent cette liberté, parce qu'elle leur est également nécessaire. Si, au contraire, il attaque les pouvoirs constitués dans un esprit de calomnie, dans l'esprit de les détruire, afin de mettre le désordre à la place de la loi, alors il trouve dans ses concitoyens des hommes qui, intéressés à l'ordre social et à la morale politique, le contiennent dans les bornes que l'ordre public doit lui imposer.

» C'est donc véritablement dans ce jugement par *jurés* que vous trouverez tout à la fois la sauvegarde de la liberté individuelle de l'homme qui écrit, et de la liberté politique qui résulte de la liberté individuelle, et en même temps le respect de la morale et de la loi : car, messieurs, quand on vient vous dire ici d'une manière indéfinie que la liberté de la presse contre tout ce qui a un caractère public ne pourrait être nuisible quand même elle ne serait sujette à aucune responsabilité, on s'égare, on s'éloigne absolument de ce que l'expérience démontre tous les jours. Je reconnais avec les préopinants que pour tout ce qui se fait sur un très-grand théâtre, je veux dire au sein de l'Assemblée nationale, on peut braver impunément la calomnie, les attentats de la presse ; mais partout ailleurs le fonctionnaire public n'a pas un moyen d'y résister : dans un département, dans un district, le folliculaire impudent, le calomniateur déterminé à détruire ou le tribunal ou l'administration en est absolument le maître, si le pouvoir public ne trouve pas dans la loi un frein doux, mais cependant légitime et nécessaire à opposer, je ne dis pas à la surveillance publique, mais à la calomnie volontaire, à cette habitude si bien constatée aujourd'hui par l'expérience d'hommes qui ne rougissent pas d'employer aucun moyen pour combattre et pour détruire ce qu'établit l'empire de la loi, parce que l'empire de la loi est ce qu'ils redoutent le plus.

» Il faut donc établir un frein ; mais vous chercherez à limiter vainement par des expressions strictes l'étendue que ce frein-là doit recevoir jusqu'à ce que la legislation ait été sur cet objet à sa perfection ; vous vous trouverez sans cesse sur la limite de la suppression de la liberté de la presse ou de l'anéantissement du frein légitime qui doit la contenir.

» Je pense donc qu'il est absolument impossible de vouloir dès à présent prévoir précisément, techniquement, le cas et les objets qui donneront lieu à cette poursuite. Je crois qu'il faut fixer, assurer la liberté par les deux principes constitutionnels; que, quant à l'exécution actuelle, il faut s'en tenir à la loi réglementaire déjà faite, et que, quant à la perfection, il faut la laisser établir par nos successeurs, attendu qu'ayant mis dans la Constitution les deux points dont j'ai déjà parlé, vous conservez par ce moyen à la liberté toute son étendue, toute sa solidité, et vous ne prévenez pas la perfection que vous devez laisser à donner aux législateurs. Je demande donc que la loi constitutionnelle soit réduite à ces deux principes. »

Du jury sous la Restauration.

En 1817, à la Chambre des pairs, le comte Boissy d'Anglas ne trouvait pas que l'institution du jury appliquée à la répression des crimes et des délits de la presse fût une garantie suffisante ; cette défiance, il l'exprimait en ces termes :

« Prenons garde, avant de confier au jury la surveillance de la pensée, la direction des lumières, et, si l'on peut parler ainsi, l'inspection des créations du génie et des progrès de l'esprit humain ; prenons garde, dis-je, que par ses formes, sa manière de procéder, et surtout par le mode actuellement employé pour la nomination de ses membres, il ne nous offre de véritables commissions ministérielles, de véritables tribunaux d'exception, incompatibles avec l'esprit de la Charte : car tout serait perdu, sans doute, si à l'arbitraire dans les décisions qui forment le principe et la base de la procédure du jury se joignait l'arbitraire aussi de la désignation des individus appelés à le composer ; si des fonctionnaires investis, quoique momentanément, du terrible et immense pouvoir de prononcer, sans autre règle que leur opinion, sans aucune responsabilité morale, sur des choses aussi vagues, aussi fugitives, aussi difficiles à saisir et à interpréter, pouvaient recevoir leur caractère et leur mandat d'une autorité particulière quelconque. O Servan ! ô Beccaria ! ne serait-il pas vrai de dire alors qu'après nous être éclairés de vos immortels ouvrages et de ceux si nombreux et si utiles que leur exemple a pu faire naître, nous ne serions parvenus qu'à revêtir des formes trompeuses de la justice et de la liberté les véritables institutions de ce despotisme judiciaire que vous combattîtes avec tant de succès et de gloire !... Il faut qu'en France, comme en Angleterre, l'accusé, traduit devant les jurés, puisse se dire à lui-même et puisse faire reconnaître aux autres qu'il va être jugé par son pays, et non, d'une manière même indirecte, par l'influence d'un ministre ou par la volonté d'un prélat ; car, sans cela, il faudrait repousser avec empressement cette forme de procédure, devenue alors si dangereuse, afin de ne pas laisser écraser, comme le dit Montesquieu et comme je l'ai répété souvent d'après lui, les malheureux qui font naufrage avec la planche même qui leur est offerte pour leur salut. Hélas ! les noms n'y font rien : on n'est pas jugé par un jury parce qu'on donne le nom de jurés aux individus qui composent l'agglomération que l'on désigne sous cette qualification tutélaire. Ce n'étaient pas des jurés, mais des bourreaux, que les hommes qui, usurpant ce titre, exerçaient l'horrible et pernicieuse fonction d'envoyer chaque jour à l'échafaud des centaines d'innocentes victimes, sans avoir rien appris d'elles que leurs noms. »

A la Chambre des députés, M. Royer-Collard se montrait moins défiant :

« La libre publication des opinions individuelles par la presse n'est pas seulement la condition de la liberté politique, elle est le principe nécessaire de cette liberté.

» On peut abuser de la presse, et l'abus doit être réprimé ; on peut aussi abuser de la répression ; et, de même que la liberté de la presse peut ravager la société et mettre les gouvernements en péril, de même il est aisé de concevoir que l'abus de la répression pourrait anéantir la liberté légitime.

» La loi n'atteint la licence qu'en frappant la liberté.

» Dans chaque procès de la presse, avec l'écrivain comparaît la liberté elle-même, dont la condition et quelquefois le sort sont engagés dans le jugement qui va être rendu et qui prononcera peut-être contre la liberté la peine capitale quand il semblera ne prononcer qu'une peine légère contre l'écrivain.

» De toutes les espèces d'arbitraires, celui que je voudrais le moins confier à un pouvoir permanent, c'est celui de la presse.

» L'institution du jury est la condition nécessaire de la liberté de la presse.

» J'établis ce principe inaltérable qu'il n'y a point, qu'il ne peut y avoir de liberté de la presse, je veux dire de liberté garantie, si elle n'est assise sur la base indépendante du jury.

» Partout où le jury existe, l'abus de la presse vient se ranger naturellement parmi ses attributions, et il en est peut-être la plus importante.

» Le système entier de nos institutions porte à faux, tant que la liberté de la presse n'est pas appuyée par le jury. »

M. de Villèle, loin de contredire M. Royer-Collard, était de la même opinion dans la même discussion :

« On a dit que l'institution des jurés était démocratique ; la liberté de la presse est aussi une institution démocratique ; et c'est peut-être la raison pour laquelle la répression de ses abus, pour être possible, doit être confiée à une institution démocratique, à des jurés. »

M. de Courvoisier était du même avis que M. de Villèle :

« Le magistrat n'est point indépendant ; l'opinion est la règle d'un gouvernement représentatif ; la presse manifeste l'opinion : le citoyen seul peut juger la presse. »

Dans cette même année 1817, M. Fiévée, l'ex-correspondant de Napoléon Ier, s'exprimait ainsi :

« Qui décidera entre la société qui a besoin de défense, et l'homme isolé qui peut être écrasé par le pouvoir ? Un tribunal de police correctionnelle. Eh quoi ! vous confiez le repos de la société, le maintien de la liberté à des juges, et vous prétendez qu'il y a des corps politiques dans l'Etat ! Vous mettez la destinée d'un Français, pour des délits que la loi ne peut définir, à la merci des juges, et vous prétendez être libres !

» ... Il faut réduire à sa juste valeur l'indépendance qui résulte pour des juges de l'inamovibilité : cette indépendance suffit pour garantir l'équité des jugements dans les procès entre particuliers, parce qu'on ne peut supposer au pouvoir un intérêt constant à intervenir directement ou secrètement dans les affaires de ce genre. Mais si les doctrines politiques et les libertés publiques n'avaient pour sauvegarde que des tribunaux composés de juges nommés par le gouvernement, soldés des deniers du Trésor, qui peut croire que le despotisme serait assez maladroit pour ne pas franchir cet obstacle ? Qu'on lise l'histoire, et la Constitution qui nous régit, on verra que les libertés publiques ont toujours été considérées comme d'une importance trop grande pour en confier le maintien à des gardiens aussi faibles de position.

» ... Ce n'est pas, comme on l'a dit, pour punir les crimes que le jury a été institué, mais parce qu'une société émancipée ne peut raisonnablement confier qu'à elle-même le soin de conserver les bienfaits qu'elle a reçus de son Créateur, et quand une nation a élevé ses idées jusqu'à faire un principe de droit public de la liberté de la presse, le jury n'est pas moins nécessaire pour maintenir la faculté générale de penser que pour maintenir le droit général de vivre. » [1]

En 1819, M. de Lally-Tollendal, pair de France, s'exprimait ainsi :

« La Chambre des pairs a généralement professé, le gouvernement a généralement admis les propositions suivantes :

» Point de gouvernement représentatif qui n'ait pour objet et pour fondement la liberté publique et individuelle ;

» Point de liberté publique et individuelle sans la liberté de la presse ;

» Point de liberté de la presse sans la liberté des journaux ;

» Point de liberté de la presse ni des journaux partout où les délits de la presse et des journaux sont jugés sans l'intervention d'un jury. »

En 1822, M. Humann faisait cette déclaration :

« Otez le jury, la liberté de la presse n'est qu'une illusion ; et je ne crains pas de le dire, la liberté de la presse, sans le jury, n'est qu'un

[1] J. FIÉVÉE. *Histoire de la session de 1817*. Paris, Le Normant, 1818.

mensonge : c'est un piége perfide. Elle place les écrivains non-seulement sous le joug, mais sous le glaive! »

M. le baron Bignon était de l'avis de M. Humann :

« S'il est une vérité qui semblait devoir être désormais hors de toute contestation, c'est cette proposition fondamentale, qu'il n'y a point de liberté de la presse sans le jugement par jurés. »

En 1828, M. Devaux prenait en ces termes la défense de l'institution du jury appliqué à la presse :

« Le jury n'a ni doctrine politique, ni précédents, ni influence sur les autres pouvoirs ou sur la société. Il exprime d'un mot l'impression que l'écrit pouvait produire sur la société, en consultant fidèlement l'impression que l'écrit a faite sur lui-même. C'est en cela même qu'il excelle à déclarer la culpabilité, qui se mesure à l'impression nuisible qui naît de l'écrit.

» Rejeter le jury, c'est se constituer en état de méfiance contre la société. »

En cette même année 1828, à la Chambre des députés, dans la séance du 17 juin, M. de Cormenin, prenant la parole sur une disposition additionnelle proposée par lui, tendante au rétablissement du jury pour les délits de presse, se prononçait également en ces termes en faveur de l'application du jury :

« Que sommes-nous, en vérité, et qui pourrait nous définir ? Nous établissons un principe, et nous n'en acceptons qu'à moitié la conséquence! Nous prétendons appliquer le système, les définitions et la pénalité des Codes de l'empire aux institutions généreuses et fécondes du gouvernement représentatif! Nous demandons, nous aimons la liberté de la presse, et nous ne voulons pas convenir que, sans le jury, il ne peut y avoir pour elle qu'oppression et licence!

» Qu'est-ce, en effet, qu'un délit de presse? C'est un délit d'opinion ; et que sont les jurés? les hommes de l'opinion. C'est donc l'opinion qui se constitue en tribunal de conscience pour s'examiner elle-même, se condamner ou s'absoudre.

» De tous les délits, les délits de la presse sont sans contredit les plus capricieux et les plus mobiles. Leur figure passe et change sans cesse. Il est donc rationnel qu'ils soient vérifiés par des hommes qui leur ressemblent, qui passent et changent comme eux.

» Les délits de la presse échappent par leur nature vague, fugitive, et en quelque sorte par leur élasticité, à ces axiomes fixes de droit et de doctrine qui font la règle des tribunaux. Ce sont choses impalpables, qui ne se mesurent point au compas du juge. Le juré seul semble propre à bien apprécier le sens intime et la portée spéciale d'une parole, d'un écrit, d'un acte intellectuel. Le juge vient ensuite, qui applique au délit reconnu et constaté, non une règle de droit, mais une peine.

» Le lieu, le temps, les circonstances, la moralité de l'acte, les effets généraux de son impression, l'état paisible ou agité du pays, voilà ce qui se sent rapidement, plus que ce qui se peut nettement définir. Or le juré, qui vit beaucoup plus que les légistes au milieu de toutes ces scènes émouvantes et de ces luttes animées, le juré, qui vient d'en être, comme malgré lui, le témoin et l'observateur, les recueille dans sa pensée et les réfléchit dans sa déclaration; il exprime, au vrai et au présent, l'état et les besoins de l'opinion publique.

» Nous avons donc raison de dire que le jugement par jurés est ici plus sincère que celui de tout autre juge, parce qu'il est ici plus conforme à la nature des choses.

» Nous avons ajouté qu'il était aussi plus favorable au développement de nos institutions. En effet, il serait bon, selon nous, de soumettre le plus possible au jugement du pays tous les délits, sans distinction, qui affectent les personnes et les choses du pays. Sans doute, nos mœurs, nos habitudes, nos préjugés, notre organisation judiciaire résistent encore à ces changements! mais lorsque les publicistes, qui commencent toujours ce que nous finissons, auront, en les résumant, éclairé les esprits, alors il faudra bien simplifier les rouages trop compliqués de nos procédures; alors on sentira que le jury doit être établi pour tous les délits de police correctionnelle. Car ces délits, comme les crimes, constituent des faits ou des actes appréciables par les jurés...

» C'est au jury de la presse à préparer cette heureuse révolution dans nos institutions judiciaires.

» Sans le jury, que deviendrait la presse, et que serait devenue la civilisation sans la presse? La presse, qui, se dégageant des ténèbres de la barbarie, et secondée par la religion chrétienne, religion par excellence de l'entendement et de la liberté, a substitué partout à l'action et aux théories brutales de la force les conquêtes lumineuses de l'intelligence; qui a organisé sur tous les points du globe, entre les nations les plus éloignées et les plus différentes, les rapides communications de la pensée humaine; qui, par la révolution continuelle des idées, change et renouvelle sans cesse la face et les destinées de l'univers; la presse qui, par une étonnante faculté, porte en soi ce qu'il y a de plus mortel et ce qu'il y a de plus vital, ce qui attire et ce qui repousse, ce qui enchaîne et ce qui déchire, ce qui précipite et ce qui retient; la presse qui ne succombe que pour se relever, qui ne s'épuise que pour se reproduire; qui, toute prête à périr, ne trouve son salut que dans la vigueur prodigieuse de sa constitution, et qui, sans le secours de personne, se guérit elle-même par ses propres excès!

» Le jury et la liberté de la presse se confondent tellement par leur origine, par leur nature, par leurs besoins et par leurs effets, que si le jury n'existait pas pour le jugement des crimes ordinaires, il faudrait l'inventer pour le jugement des délits de la presse. »

Du jury sous la Royauté de 1830.

En 1830, M. de Martignac, rapporteur de la loi sur la presse, se prononçait en ces termes en faveur du jury :

« C'est par la société elle-même, par ceux qui en sortent pour remplir une mission temporaire et qui y resteront après l'avoir remplie, que l'appréciation des délits de la presse peut être faite avec le plus de certitude. »

En 1834, un savant criminaliste, un honorable magistrat, M. Faustin Hélie, dans un écrit intitulé : *Du jury appliqué aux délits de la presse*, s'exprimait ainsi :

« Tant qu'une pensée repose dans le sein de l'homme, Dieu seul a le droit de lui en demander compte. Dès qu'elle s'échappe et se produit au dehors, elle tombe sous la juridiction humaine. Ainsi les doctrines, les opinions, les pensées doivent rester libres, tant qu'elles ne sont que des pensées, des opinions et des doctrines. Ce n'est qu'au moment où celui qui les professe, les manifeste publiquement, qu'il devient responsable de la publicité qu'il leur donne.

» La publication n'est par elle-même ni un crime ni un délit; mais elle peut revêtir l'un ou l'autre de ces caractères, si la pensée qu'elle a pour objet de faire connaître est imprégnée d'une volonté malfaisante, si elle est employée à un but certain et d'avance incriminé, enfin si elle a pour effet de jeter le désordre dans la société. Alors la pensée cesse d'être une simple opinion : elle se résout en un fait matériel; elle devient une véritable action.

» Longtemps on avait cru que les différents délits qui peuvent se commettre par la voie de la presse formaient une classe de délits spéciaux qui devraient être soumis à des règles particulières. Cette erreur prenait son origine dans la difficulté de définir les délits commis par cette voie, parce qu'aucun fait ne les révèle et ne les constitue réellement, parce que des nuances souvent insaisissables les distinguent et les caractérisent. De là ces pénalités exceptionnelles dans lesquelles on a cherché trop longtemps un remède contre les abus de la presse, système qui n'a produit que des lois tantôt oppressives, tantôt impuissantes.

» Une théorie plus simple, parce qu'elle est plus vraie, doit remplacer ces législations particulières. Les crimes et les délits qui troublent la société prennent leur source dans les passions qui agitent incessamment les hommes, et sont aussi anciens que les passions elles-mêmes. Ces délits et ces crimes existaient donc avant que l'art si précieux de publier la pensée eût été inventé. La presse n'a donc pu créer ce qui existait avant elle ; elle n'a donné naissance à aucun fait criminel ; elle n'a fourni qu'un instrument de plus pour les commettre.

» De même que l'invention de la poudre a donné aux hommes de nouveaux moyens de combattre le meurtre sans créer un crime nouveau à inscrire dans les lois pénales, de même l'invention de l'imprimerie n'a rien fait de plus que leur procurer un nouvel instrument de sédition, de diffamation, d'injures et d'autres délits connus dans tous les temps, réprimés dans toutes les lois, avant qu'ils fussent commis par la voie de la presse.

» Il en est ainsi de toutes les armes que l'industrie humaine a successivement inventées ; ces armes n'ont point institué des délits par elles-mêmes, elles n'ont servi que de pièces de conviction pour établir la preuve du crime ou du délit. Un écrit, quelque séditieux ou incendiaire qu'il soit, n'est pas plus un délit que le poignard dont s'est servi l'assassin ; l'écrit comme le poignard ne sont qu'un instrument dont l'existence, isolée de toute autre circonstance, est une chose indifférente en elle-même.

» Ce qui rend, en effet, une action punissable, c'est l'intention de son auteur et le mal qu'il a fait ou qu'il a voulu faire à un individu ou à la société. Il importe peu qu'il ait employé tel ou tel moyen pour accomplir son intention et causer ce mal. La moralité de l'action est dans le but qu'il se proposait, et non dans le moyen qu'il a employé pour atteindre ce but. La criminalité du meurtre est la même, soit qu'il ait été commis avec un poignard ou une arme à feu. La diffamation a les mêmes effets, soit qu'elle ait été répandue par la parole sur la place publique, soit par la voie de la presse. La prévoyance des lois pénales atteindrait le crime alors même que l'instrument mis en usage par le coupable aurait été jusqu'à ce moment complétement ignoré.

» Il suit de là que la presse, instrument matériel et passif entre les mains de l'homme, ne doit plus conserver aux yeux du pouvoir social ce caractère d'hostilité spécial qui a suggéré à tous les gouvernements tant de fausses mesures, tant de garanties inutiles ; mais elle doit perdre également, aux yeux des amis trop ombrageux de la liberté, ce titre chimérique à une inviolabilité exagérée que réclamaient pour elle à des époques terribles des hommes qui voulaient en abuser. Elle redevient ce qu'elle est, ce qu'elle doit être, un moyen de plus d'exercer une faculté naturelle.

» De ce principe, qui est évident par lui-même, découle cette conséquence qu'il n y a pas lieu d'ériger une législation pénale distincte et spéciale pour les délits de la presse. Il doit être indifférent au législateur que les actes énumérés au Code pénal et qui ont été reconnus nuisibles à la société aient été tentés et commis par la voie de la presse plutôt que par toute autre voie. Ce qu'il veut atteindre et punir, c'est un acte immoral et dangereux, ce n'est pas le mode qui a servi à le commettre ; son auteur doit donc être puni à raison du fait ou de la tentative, sans que la nature de l'instrument qu'il a employé soit pour lui ni contre lui d'aucune considération. En un mot, il n'y a point de délits particuliers de la presse ; mais quiconque en fait usage est responsable, suivant la loi commune, de tous les actes auxquels elle peut s'appliquer.

» Ramenée dans le domaine de la législation générale, la question devient très-simple. En effet, les délits de la presse ne sont autres que les délits prévus et punis par les lois pénales ordinaires, et que la presse a servi à commettre. Dès lors, il ne s'agit plus de dresser inventaire de toutes les pensées humaines pour rechercher et déclarer à l'avance lesquelles, en se manifestant, sont réputées coupables ; il s'agit uniquement de recueillir dans les lois pénales les actes déjà incriminés, auxquels la presse peut servir d'instrument.

» La difficulté de constater les délits de la presse explique seule la plupart des jugements, étranges quelquefois, souvent contradictoires, qui sont intervenus dans cette matière. Comment, en effet, attendre des décisions toujours rationnelles, toujours justes, lorsqu'il est si difficile de démêler le caractère d'un écrit, d'en apprécier la portée, lorsque la criminalité de cet écrit lui-même se modifie au gré des événements et des passions politiques? Quelle indépendance ne faut-il pas pour triompher de ces passions, quelles lumières pour discerner la vérité à travers tant de nuages, quelle fermeté pour proclamer dans tous les cas l'arrêt qu'a dicté la conscience !

» Hâtons-nous de dire que, néanmoins, les jurés sont les meilleurs juges de ces délits. Ce principe, longtemps contesté par de vaines terreurs, a cessé de l'être aujourd'hui ; la Charte l a recueilli et en a fait une des règles fondamentales du droit public de la France.

» Et, en effet, le jury est désormais le seul protecteur efficace des intérêts que pourrait menacer la licence des publications. C'est en vain qu'on a eu recours aux tribunaux correctionnels, aux cours royales : leurs jugements étaient sans influence sur l'opinion ; ils irritaient, ils ne réprimaient pas ; les arrêts multipliaient les délits, et dans cette lutte inégale, la licence grandissait et se montrait plus menaçante au milieu des condamnations. Pour combattre l'abus d'un droit qui tient à l'essence de la liberté, il faut employer cette institution qui garantit l'indépendance et la sûreté des citoyens ; qui, étrangère aux vengeances, aux craintes, aux espérances, est surtout forte par l'impuissance de l'opinion. C'est à la société qu'elle représente de punir les injures faites à la société ; c'est à l'opinion de punir les crimes et les écarts de l'opinion.

» Les effets de l'esprit de parti, des passions politiques, seraient-ils quelquefois à redouter ? Mais dans le jury, au moins, les récusations permettent d'écarter les hommes que ces passions pourraient rendre dangereux pour la société ou pour le prévenu. Et si, malgré cette puissante garantie, on n'évite pas toujours un jury hostile ou passionné, il n'en résulte nécessairement que le malheur d'un mauvais jugement. Si l'esprit de parti, au contraire, s'était introduit dans un tribunal, pourrait-on l'en bannir ? Les résistances et les scandales des parlements ne seraient-ils pas renouvelés ? Les juges inamovibles ne sont-ils pas les juges nécessaires ? Et la règle de jugement ne se trouverait-elle pas faussée dans toutes affaires ?

» L'appréciation des délits de la presse exige, à la vérité, des lumières. Mais ce ne sont point celles que le magistrat puise au fond de sa retraite, dans ses méditations solitaires. Il est nécessaire que le juge de ces délits possède un esprit assez exercé pour saisir les divers caractères de l'écrit, l'intention de l'écrivain, l'effet qu'il en attendait. Mais il est également essentiel que ce juge puisse apprécier la nature de l'impression produite par la provocation sur le public ; il faut donc qu'il fasse partie de ce public, qu'il sorte de son sein, qu'il soit l'organe de l'opinion générale, l'expression du pays. Or ces conditions, indispensables pour l'appréciation des délits politiques, ne se rencontrent point dans le magistrat, plus éclairé sans doute, mais plus isolé du mouvement des affaires, plus éloigné du choc des opinions et des efforts des partis. Les jurés tirés au hasard de la foule des citoyens et qui rentrent dans cette foule dès que leur mission est terminée, réunissent donc à un plus haut degré, à la garantie d'une véritable indépendance, les connaissances générales qu'exigent leurs fonctions.

» C'est enfin une erreur grave que de croire que le jury présente moins de garanties d'une sage répression que les tribunaux ordinaires. Le nombre proportionnel des condamnations qu'il a rendues en matière de presse n'est pas moins élevé que lorsque ces délits étaient attribués aux tribunaux correctionnels. Ainsi M. Legraverend affirme que, du 26 mai 1819 au 31 mars 1820, époque pendant laquelle le jury connut de tous les délits de presse, les condamnations étaient dans une proportion supérieure à celles prononcées dans les affaires antérieures. Depuis la loi du 8 octobre 1830, qui lui a restitué cette attribution, la proportion des condamnations ne s'est pas affaiblie; elle s'est même élevée, si l'on tient compte des circonstances politiques qui ont environné le jury pendant les deux premières années qui ont suivi la révolution. » [1]

Ces dernières considérations, je l'avoue, ne sauraient me toucher, puisque je n'admets pas qu'en matière de presse il y ait, il puisse y avoir autre chose que des erreurs d'opinions.

En 1835, M. Sauzet, rapporteur de la loi sur la presse, faisait cette seule réserve :

« La raison publique qui a fait décider que les délits de presse et les délits politiques devaient être attribués aux jurés se tire de la plus grande indépendance qu'on leur suppose, comparativement aux tribunaux inférieurs qui connaissent des autres délits.

» Je ne me méfie pas du jury; mais, en voyant l'article 28 de la Charte, je pense qu'il est certains faits pour lesquels, en raison de leur importance, le jury n'offre pas aux yeux des législateurs une suffisante garantie.

» C'est comme délits politiques que les délits de la presse sont jugés par les cours d'assises. Cela est si vrai, que quand un délit de la presse n'est pas un délit politique, il n'appartient pas au jury. L'action en diffamation entre particuliers et relative à la vie privée reste dans le domaine des tribunaux correctionnels. »

A cette réserve de M. Sauzet, M. Odilon Barrot répondait :

« Ce n'est pas comme accessoire des délits politiques que les délits de la presse ont été attribués au jury : c'est l'inverse. La proposition primitive était d'attribuer au jury seul tous les délits de la presse, sans exclusion, sans distinction. »

A quoi bon le jury appliqué à la liberté de la presse ?

---

[1] *Du jury appliqué aux délits de presse*. Paris, 1834.

Lorsqu'un gouvernement n'a pas peur de la presse, il ne songe pas à demander à des jurés de le protéger contre elle; et lorsqu'il a peur de la presse, il a tout autant peur du jury et peut-être encore plus, mais avec raison, car, appliqué à la presse, le jury est une ornière côtoyant un gouffre.

De l'incompétence du jury.

A quel titre, je le demande, douze jures tirés au sort, dépourvus souvent des connaissances les plus élémentaires, prononceront-ils sur la culpabilité d'un écrit et d'un écrivain? Ce qu'ils condamneront comme une erreur pourra être une vérité! Ce qu'ils condamneront comme un danger menaçant pourra être un avis salutaire! Ne suffira-t-il pas qu'ils soient, en majorité, d'une opinion opposée à celle contenue dans l'écrit incriminé pour qu'ils voient un délit dans l'expression de l'opinion contrariant la leur? Le même écrit qui aura été condamné par tel jury eût été absous par le jury suivant. N'est-ce pas une loterie? N'est-ce pas la loterie des opinions? N'est-ce pas la loterie des acquittements ou des condamnations? Peut-on faire ainsi le hasard juge de la pensée? Combien de fois n'a-t-on pas vu l'écrit inculpé devenir l'écrit glorifié, et la sentence de condamnation se changer pour l'écrivain en titre de recommandation à la popularité et même à la postérité! Je ne saurais donc partager l'engouement dont le jury appliqué à la presse fut l'objet de 1815 à 1830 de la part d'hommes aussi illustres et aussi distingués que Chateaubriand, Royer-Collard, Benjamin

Constant, de Cormenin, etc. Des jurés ne me paraissent pas plus compétents que des juges, et je les récuse au même titre et pour cause de suspicion légitime!

Ni jurés, ni juges!

L'unique juge de l'erreur, c'est la vérité.

Et la vérité, qui en a le dépôt exclusif?

Vérité aujourd'hui, qui était erreur hier.

Si, jusqu'à ce que l'évidence en eût fait justice, l'erreur n'existait pas et n'avait pas le droit d'exister, la liberté serait la vérité et ne serait pas la liberté.

Je ne récuse pas seulement les jurés au nom de la liberté, je les récuse encore et surtout au nom du pouvoir que l'application du jury aux prétendus crimes et délits de la presse fait asseoir en cour d'assises sur le même banc que l'écrivain inculpé, et à ses côtés. « Dans chaque procès, disait Royer-Collard, ainsi qu'on vient de le lire; dans chaque procès, avec l'écrivain comparaît la *liberté* elle-même, dont le sort est engagé dans le jugement qui va être rendu et qui prononcera contre la liberté la peine capitale, quand il paraîtra ne prononcer qu'une peine légère contre l'écrivain. »

Ce que Royer-Collard disait de la *liberté*, je le dis du *pouvoir*.

Si l'écrivain poursuivi est acquitté par le verdict du jury, c'est alors le pouvoir que ce verdict condamne.

Le pouvoir se déconsidère, s'abaisse, s'amoindrit, lorsque, critiqué à tort ou à raison par un écrivain, il vient demander à douze jurés de le protéger contre cette critique.

Si cette critique est injuste ou excessive, c'est au pouvoir, par ses actes, qu'il appartient de la confondre.

Si cette critique est fondée, c'est au pouvoir d'en profiter.

Le pouvoir doit soigneusement éviter toutes les occasions de se mettre aux voix : car se mettre aux voix, c'est se mettre en question.

Est-ce qu'il n'y a pas contre les articles hostiles de journaux quelque chose de bien autrement efficace que la répression? — L'oubli. Est-ce que la presse n'est pas le tonneau dont les journalistes sont les nouvelles Danaïdes? Est-ce que ce tonneau ne se vide pas toujours sans jamais s'emplir? Qui se souvient le surlendemain de l'article de l'avant-veille, à moins que cet article n'ait été averti, ou saisi et poursuivi?

Laissez faire! laissez passer! voilà la loi économique, dont la justesse a fini par l'emporter.

Laissez dire! laissez imprimer! voilà la loi unique dont le cours s'est réglé de lui-même dans tous les pays où il a cessé d'être contrarié.

Toute loi positive contre la presse n'a jamais abouti qu'à fortifier, à grandir la presse, et qu'à affaiblir, à diminuer le pouvoir.

Quelle qu'elle soit, préventive, restrictive ou répressive, toute loi positive contre la presse a toujours été une loi inefficace.

Il ne paraît dans les journaux d'articles redoutables que ceux qu'on a tort de ne pas dédaigner, ou ceux qu'on a raison de redouter. Mais, dans ce dernier cas, que l'on soit franc et que l'on convienne que ce que l'on redoute, ce n'est pas la liberté de la presse, mais bien la divulgation de la vérité. Ce n'est pas la POLÉMIQUE, c'est la

PUBLICITÉ ; ce n'est pas la violence du journaliste, c'est l'évidence du jour !

Du droit commun.

Au premier rang des principales garanties d'une justice équitable se place la publicité des audiences judiciaires. Cette publicité est de droit commun. Elle est la règle. Le huis clos et l'interdiction de rendre compte des débats judiciaires sont l'exception.

Le Code de procédure est formel : il s'exprime ainsi :

« ART. 87. Les plaidoiries seront publiques, *excepté* dans le cas où la loi ordonne qu'elles seront secrètes. Pourra, cependant, le tribunal ordonner qu'elles se feront à huis clos, si la discussion publique devait entraîner un scandale ou des inconvénients graves ; mais, dans ce cas, le tribunal sera tenu de délibérer et de rendre compte de sa délibération au procureur général près la cour impériale, et, si la cause est pendante devant une cour impériale, au ministre de la justice. »

Si, contrairement à l'opinion que je soutiens, l'on admet qu'il y a, qu'il peut y avoir des crimes et des délits de la parole et de la presse, il faut inévitablement admettre le régime exceptionnel, et renoncer, sous peine d'inconséquence, à ce qu'on nomme le *droit commun*.

Droit commun et répression légale des crimes et des délits de la parole sont deux régimes qui s'excluent.

En effet, comment s'y prendre pour poursuivre l'écrivain inculpé d'injure ou de diffamation, sans aggraver l'injure ou la diffamation par la publicité de l'audience et le compte rendu des débats ? Comment s'y prendre pour poursuivre l'écrivain accusé de s'être rendu coupable dans un livre, dans une brochure ou dans un journal, soit d'attaque contre les droits de l'autorité que le chef de l'Etat tient de la Constitution, soit d'attaque contre le respect dû aux lois et à l'inviolabilité des droits qu'elles ont consacrés, soit contre le principe de la souveraineté du peuple, soit contre le suffrage universel, soit contre la liberté des cultes, soit contre le principe de la propriété, soit contre les droits de la famille, soit d'excitation à la haine et au mépris du gouvernement, soit d'excitation au mépris et à la haine des citoyens les uns contre les autres, soit d'offense à la personne du chef de l'Etat et aux membres de sa famille, soit d'offense à la personne des souverains et chefs des gouvernements étrangers, etc.? Comment s'y prendre pour poursuivre l'accusé sans devenir son complice et sans commettre le même crime ou le même délit que le délit ou le crime qui lui est imputé ?

Quel est son délit? quel est son crime? Ce n'est pas d'avoir pensé ce qu'il a publié, c'est d'avoir publié ce qu'il a pensé. Le délit, le crime sont donc dans la publicité.

Avant que l'article 10 de la loi du 9 septembre 1835 et que l'article 17 du décret organique du 17 février 1852 fussent en vigueur, que se passait-il? Voici ce qui se passait : La page dont la publicité par le livre, l'article dont la publicité par le journal était considérée comme un délit ou un crime recevaient, par le fait de la publicité et du débat, la publicité de tous les journaux; car aucun ne manquait de rendre compte de tous les procès de presse, ces procès excitant toujours la curiosité, sinon la sympathie des lecteurs. La publicité était donc centuplée. Ce qui souvent eût passé obscurément, inaperçu, était mis en pleine lumière; ce qui n'avait été entendu que de quelques-uns acquérait un retentissement universel. Cette immense extension de la publicité étant le fait de la loi et du juge, évidemment, s'il y avait un coupable, le moins coupable était l'écrivain, le plus coupable était le législateur et, après le législateur, le juge qui avait ordonné la poursuite.

Il faut choisir : ou la publicité de la pensée ne saurait jamais être un délit, ou un délit de presse ne saurait jamais jouir de la garantie de la publicité judiciaire qui est de l'essence du droit commun. Si la presse ne commet que des délits, à quel titre — si ce n'est à titre de dérogation au droit commun — la presse inculpée passerait-elle au-dessus de la police correctionnelle pour arriver à la cour d'assises et par la cour d'assises au jury, sans la garantie duquel les autorités les plus imposantes sont unanimes à déclarer que la liberté de la presse ne saurait subsister?

Revendiquer le droit commun pour les délits et les crimes de la presse, c'est tomber dans l'inconséquence et l'absurdité.

Entre l'impunité de la parole et de la presse, et le régime logiquement exceptionnel de l'article 17 du décret du 17 février 1852, il n'y a pas de régime intermédiaire.

N'y a-t-il donc absolument rien à faire pour contenir les écarts et les excès de la presse? — Il y a à faire, non des lois, mais des mœurs. Aussi longtemps qu'on fera contre la presse des lois, lois toujours vaines, il ne se fera pas de mœurs qui la contiennent; mais aussitôt qu'on aura cessé de faire des lois qui punissent l'écrivain excessif, il se fera des mœurs qu'il n'osera pas braver, car s'il les bravait, le vide de la déconsidération ne tarderait pas à se faire autour de lui.

De l'impunité de la presse.

Je n'ai pas l'habitude d'éluder aucune objection en la passant sous silence : je dois donc consigner ici celle qui m'a été faite par les contradicteurs de l'opinion que j'ai l'honneur d'exposer ici devant vous, monsieur le ministre. Cette objection consiste à dire que l'erreur n'est pas seule à se glisser dans les écrits, périodiques ou non ; qu'il s'y glisse ou qu'il s'y peut glisser les crimes et délits suivants, dont j'emprunte la longue nomenclature, par ordre alphabétique, aux lois et décrets actuellement en vigueur :

ATTAQUE contre les droits et l'autorité que le chef de l'État tient de la Constitution ;

ATTAQUE contre les institutions... et la Constitution ;

ATTAQUE contre le respect dû aux lois et à l'inviolabilité des droits qu'elles ont consacrés ;

ATTAQUE contre le principe de la souveraineté du peuple ;

ATTAQUE contre le suffrage universel ;

ATTAQUE contre la liberté des cultes ;

ATTAQUE contre le principe de la propriété ;

ATTAQUE contre les droits de la famille ;

DIFFAMATION ET INJURES ;

EXCITATION à la haine et au mépris du gouvernement ;

EXCITATION au mépris ou à la haine des citoyens les uns contre les autres ;

OFFENSE à la personne du chef de l'État et aux membres de sa famille ;

OFFENSE aux Chambres législatives ou à l'une d'elles ;

OFFENSE à la personne des souverains et chefs de gouvernements étrangers ;

OUTRAGE à la morale publique et religieuse et aux bonnes mœurs;

OUTRAGE à un ministre de l'un des cultes qui reçoivent un salaire de l'État;

PROVOCATION à des actions qualifiées crimes on délits, suivie ou non suivie d'effets, par apologie ou autrement;

PROVOCATION à la désobéissance aux lois;

PROVOCATION aux militaires des armées de terre et de mer dans le but de les détourner de leurs devoirs militaires ou de l'obéissance qu'ils doivent à leurs chefs;

PUBLICATION des actes d'accusation et actes de procédure criminelle avant qu'ils aient été lus en audience publique;

PUBLICATION des délibérations intérieures, soit des jurés, soit des cours et tribunaux;

PUBLICATION des noms des jurés, excepté dans le compte rendu de l'audience où le jury aura été constitué;

PUBLICATION des procès pour délits de presse;

PUBLICATION des procès pour outrages et injures;

PUBLICATION des procès en diffamation où la preuve des faits diffamatoires n'est pas admise par la loi;

PUBLICATION de souscriptions ayant pour but d'indemniser des amendes, frais et dommages-intérêts prononcés par des condamnations judiciaires;

PUBLICATION d'articles traitant de matières politiques ou d'économie sociale, émanant d'un individu condamné à une peine afflictive et infamante, ou infamante seulement;

PUBLICATION ou reproduction, avec ou sans bonne foi, de nouvelles fausses, de pièces fabriquées, falsifiées ou mensongèrement attribuées à des tiers;

PUBLICATION d'un compte rendu des séances du Sénat et du Corps législatif autre que celui déterminé par l'article 4 du décret du 24 novembre 1860.

Peut-on laisser impunis les crimes et les délits dont la nomenclature précède?

A cette question, je réponds hautement : *Non*, si les attaques, la diffamation et les injures, les excitations, les offenses, les outrages et les provocations par la voie de la presse ont le pouvoir de nuire. Je réponds : *Oui*, si ces prétendus crimes et délits de la presse ne sont, comme je persiste à le soutenir, que des crimes et des délits imaginaires. Alors même qu'elle est imprimée, la PAROLE n'est rien par elle-même ; elle n'est, qu'à la condition de se transformer et de s'appeler ACTE. Rien de plus vrai que cette locution vulgaire : « Les actes sont » des mâles et les paroles sont des femelles. » Que peuvent produire des femelles sans mâles?

Vous remarquerez, monsieur le ministre, que je laisse ici à l'écart tout ce qui est compris sous le titre : PUBLICATION. Pour agir ainsi, la raison que je donne est que la PUBLICITÉ étant le correctif naturel de la POLÉMIQUE, prendre toutes les précautions et toutes les dispositions nécessaires, mettre autant que possible la publicité à l'abri de toute adultération, de toute altération volontaire ou involontaire, c'est tirer de la presse la loi que la presse porte en elle ; agir ainsi, ce n'est pas plus porter atteinte à la liberté de la presse que le poinçon qui garantit le titre des objets d'or et d'argent n'en diminue la valeur. Dans cet ordre d'idées de la PUBLICITÉ servant de contrôle à la POLÉMIQUE, plusieurs bonnes choses ont été faites ; d'autres restent encore à faire.

Jusqu'à ce que l'habitude l'ait rendue inutile, j'approuve pleinement l'interdiction à titre transitoire : premièrement, de toute publication prématurée des actes d'accusation et des actes de procédure criminelle ; deuxièmement, de toute publication des délibérations intérieures soit des jurés, soit des cours et tribunaux ; troisièmement, de toute publication comminatoire des noms des jurés ; quatrièmement, de toute publication du compte rendu des séances législatives, autre que celui rédigé par les secrétaires-rédacteurs placés sous l'autorité du président de chaque Assemblée. J'irais plus loin et j'y ajouterais l'interdiction de rendre compte des audiences judiciaires autrement que par des sténographes assermentés [1]. A cette interdiction, j'ajouterais encore celle de l'affichage dans les rues, ainsi que celle des crieurs publics.

Je serais à cet égard encore plus absolu que ne l'était Chapelier dans son rapport à l'Assemblée constituante, séance du 9 mai 1791 [2], car je voudrais que le gouver-

[1] Voir le projet de loi qu'en 1842 j'avais présenté, en concurrence de la proposition Golbery.

[2] « Le droit d'affiche est du nombre de ceux qui exigent une loi; les rues, les places publiques sont une propriété commune ; elles n'appartiennent à personne, elles appartiennent à tous : de là il résulte que la société a le droit d'en disposer sans porter atteinte à aucun droit individuel. L'affiche, la publication à son de trompe et du tambour sont une manière prompte et efficace de faire connaître les lois de l'administration ; il importe que ces lois ou ces actes ne soient pas confondus avec des sociétés ou des discours de particuliers; donc on doit réserver pour les pouvoirs délégués l'affiche, la publication au son de trompe et du tambour.

» A qui pourrait être utile le droit d'affiche? Au citoyen peu instruit? Non. Je ne sais qui a dit : L'instruction ne se placarde point ; on a dit vrai : ce n'est pas au coin des rues que l'instruction s'acquiert; c'est dans les sociétés paisibles où l'on discute sans délibérer, où l'on s'éclaire sans passion, sans esprit de parti ; c'est dans les livres, c'est enfin par des lois dictées par la saine philosophie. Est-ce par un placard qu'on peut communiquer ses pensées? Non encore ; les placards ne produisent rien à leurs auteurs et leur coûtent des frais ; il est rare qu'on prenne ce moyen pour communiquer ses pensées ; il est impossible de mettre son livre en feuilles au coin des rues. Cela ne servira donc qu'à l'homme turbulent, ou à l'intrigant méprisable qui voudra se faire un parti ou exciter un dangereux mouvement.

» A qui donc cela peut-il servir? Aux sociétés, aux sections qui sont en état de faire des sacrifices pécuniaires? Eh bien, voilà le dan-

nement donnât lui-même l'exemple en s'abstenant d'apposer sur les murs aucune affiche, aucun discours, aucune proclamation.

Je ne serais pas de l'avis de Prieur, qui disait :

« Voulez-vous détruire les placards incendiaires, calomnieux et factieux, laissez-en couvrir les murailles, et bientôt ils tomberont dans l'avilissement. Si vous les défendez, ils deviendront rares ; plus ils seront rares et plus ils feront d'effet... Laissez donc une liberté entière, et les mauvais écrits tomberont d'eux-mêmes dans le néant ! »

La presse libre, la presse dégagée de toute entrave fiscale et légale suffit à tout et en toute circonstance.

---

ger : c'est que des sociétés, des collections d'hommes qui, par leurs discours, par leurs arrêtés, prennent l'attitude d'une puissance, placent leurs délibérations à côté des lois et des actes d'administration, et parviennent en critiquant celles-ci ou celles-là à rivaliser en tout les pouvoirs délégués par le peuple ; et remarquez que quand le droit d'affiche ne serait pas exclusivement délégué à ces pouvoirs, il ne pourrait jamais appartenir à une section ni à une société : à une section qui, — je ne saurais trop le répéter, parce qu'il faut répéter tous les principes que tous les citoyens cherchent et doivent apprendre, — à une section, dis-je, qui, isolée, n'est rien, qui n'est que la partie d'un tout, et dont les délibérations viennent ou composer la majorité ou sont étouffées par elle ; à une société qui n'a aucune existence politique, qui ne peut pas en prendre une sans usurper le pouvoir du peuple et les droits individuels des citoyens.

» Vous avez consacré des formes pour la publication des lois ; nul ne pourrait se les arroger sans manquer à la loi. Afficher est une forme : en la réservant aux actes de la puissance publique, vous n'empiétez sur aucun des droits individuels d'aucun citoyen, car aucun citoyen n'a un droit individuel sur les lieux publics. Aux inconvénients majeurs de rendre méconnaissables les lois et les actes administratifs, au milieu de cette foule de placards dont ils seraient entourés et en partie couverts ; à l'inconvénient d'éloigner les citoyens d'en prendre connaissance et d'en diminuer le respect, joignons cet autre inconvénient qui est très-considérable, c'est que si toute personne a le droit d'afficher, toute personne aura le droit de couvrir une affiche, attendu que les rues et les places publiques seront alors au premier occupant ;

L'ordre ne peut avoir qu'à gagner à la disparition complète des afficheurs et des crieurs. Les temps de troubles peuvent revenir. Il importe de les prévoir. L'affiche appelle l'affiche, qui provoque l'attroupement, lequel obstrue la circulation dans la rue.

N'admettant pas qu'il y ait ni qu'il puisse y avoir aucun crime, aucun délit punissable de la parole, imprimée ou non, conséquemment aucun procès pour injures ou pour diffamation, toute interdiction de rendre compte des procès pour diffamation, outrages, injures et délits de presse, tomberait naturellement et logiquement d'elle-même.

Si les attaques contre la Constitution et contre les droits et l'autorité que tient d'elle le chef de l'Etat leur

---

or, à côté du droit du premier occupant se trouve toujours le droit du plus fort, ces droits sont sur la même ligne : de là des désordres, de là des rixes souvent sanglantes, et je ne sais si une société bien ordonnée peut, par ses lois, préparer de tels désordres.

» Certes, messieurs, c'est concevoir d'étranges alarmes sur la liberté que de prétendre que la puissance publique ne peut pas se réserver un moyen de faire connaître ses actes ! Ce n'est pas du tout à cette réserve indispensable que tient la libre communication des pensées. Nous avons tout fait pour la liberté, et peut-être avons-nous laissé momentanément quelque chose à la licence en ne faisant aucune disposition sur les cris qu'on entend pour annoncer, avec des feuilles qui se disent patriotiques, souvent des libelles anticonstitutionnels, des nouvelles fausses et alarmantes, des calomnies scandaleuses ; mais le profond respect qu'on doit avoir pour la liberté de la presse, ce palladium des droits des citoyens, cet ennemi des abus et de la tyrannie, a éloigné notre pensée de vous présenter aucune loi à ce sujet ; c'est l'abus d'un moment, et c'est à la police, aux administrateurs et aux tribunaux de faire rechercher et punir par des voies légales les auteurs coupables qui conseillent le crime et profanent la liberté. »

CHAPELIER. *Rapport sur le droit de pétition*. Assemblée constituante, séance du 9 mai 1791.

portent réellement atteinte, il faut punir ces attaques. Mais si les attaques par la parole ou par la presse n'ont pas plus de pouvoir que n'en exercent les attaques par la pensée non exprimée, pourquoi ne pas se contenter de leur opposer un souverain dédain? Ce que je viens de dire des attaques contre la Constitution et le chef de l'Etat, je le dis à plus forte raison des attaques contre le respect dû aux lois et à l'inviolabilité des droits qu'elles ont consacrés, contre le principe de la souveraineté du peuple, contre le suffrage universel, contre la liberté des cultes et contre les droits de la famille; je le dis également des excitations à la haine et au mépris du gouvernement, au mépris et à la haine des citoyens les uns contre les autres; je le dis également des offenses, outrages et provocations.[1]

Qu'un journaliste anglais, belge ou italien s'efforce d'exciter ses lecteurs à la haine et au mépris du gouvernement anglais, belge ou italien, quel sera le résultat de ses efforts, sinon d'exciter ses lecteurs à la haine et au mépris de son journal[2]? Que le même journaliste se res-

---

[1] « La presse est un moteur puissant, mais elle n'est qu'un moteur; à elle seule elle ne peut rien. La déclarer coupable d'attentat, ce serait lui imposer un crime qu'elle ne commet pas, qu'elle ne peut commettre; ce serait à la fois être injuste et mentir. »

M. DE LABOULIE. *Moniteur*, août 1835, page 1950.

[2] « Du gouvernement on peut dire et imprimer tout ce qu'on veut. Il n'y a aucun danger à cela : car un journal qui contiendrait habituellement une opinion opposée à celle de la majorité ne serait pas lu et serait très-innocent. Il exciterait, dites-vous, à la haine et au mépris du gouvernement. Vraiment! allez donc voir si cela est possible aux Etats-Unis. Qu'un journal s'amusât à prêcher des doctrines monarchiques et à représenter la démocratie sous les plus odieuses cou-

pecte assez peu pour manquer de respect à la personne de la reine Victoria, du roi Léopold, du roi Victor-Emmanuel, n'en sera-t-il pas puni par la déconsidération dans laquelle il tombera? Qu'il outrage la morale publique, n'encourra-t-il pas la réprobation générale? Qu'il provoque à des actions punissables, fussent-elles à tort qualifiées crimes et délits [1], s'il se borne à la provocation sans donner l'exemple et sans affronter lui-même le péril; s'il se borne à dire : ALLEZ *vous faire tuer, déporter ou emprisonner*, au lieu de dire : ALLONS *nous faire tuer, déporter ou emprisonner*, ne sera-t-il pas de toutes parts justement accusé de lâcheté et puni de la main de ceux mêmes qui auront une fois et un instant été égarés? Et s'il joint l'acte à la parole, s'il ne se borne pas à envoyer à l'émeute et aux barricades, s'il y va aussi, ne tombera-t-il pas sous le coup de la loi punissant l'acte? Pourquoi donc ne point se borner à punir l'acte? Pourquoi donc punir la parole, dont il est impossible de mesurer le degré d'influence exercée sans glisser sur

---

leurs, on s'en vengerait de la manière la plus cruelle, en ne le lisant pas! — Là où le gouvernement mérite la haine et le mépris, là seulement on n'excite pas en vain à la haine et au mépris du gouvernement. »

ACHILLE MURAT. *Exposition des principes du gouvernement républicain.*

[1] « Est-il possible de faire une bonne loi contre les provocations au meurtre, à l'assassinat? Je n'ose l'affirmer, mais j'ai vu Sieyès essayer d'en faire et n'y pas réussir ; j'ai vu les comités de consultation et de révision de l'Assemblée constituante, qui avaient peut-être quelque intérêt à la faire, finir par y renoncer... Il est donc vrai que cette loi renferme des difficultés insurmontables, à moins qu'on ne veuille rouvrir la porte à toute sorte de persécutions. »

LEPELLETIER SAINT-FARGEAU. 1792.

la pente de « LA COMPLICITÉ MORALE »? Qui ne se rappelle encore, en 1864, après vingt-trois années écoulées, la condamnation par la cour des pairs, en 1841, à cinq ans de détention du journaliste Dupoty? Quelle preuve plus éclatante que toutes les armes, même les plus redoutables, dirigées contre la presse, se retournent toujours contre le pouvoir et le blessent plus mortellement qu'elles ne la frappent? Quelle condamnation fit plus de bruit que cette condamnation funeste, contre laquelle protestèrent, le 28 décembre 1841, seize journaux politiques de Paris, des délégués de la presse départementale et tout le comité de la Société des gens de lettres? En réalité, l'arrêt de la cour des pairs ne fut-il pas rendu moins contre la culpabilité du journaliste Dupoty que contre la popularité de Louis-Philippe, à laquelle il porta la plus profonde atteinte? Quels mots, de 1841 à 1848, pendant sept ans, eurent un retentissement plus long et plus sinistre que ceux-ci : « LA COMPLICITÉ MORALE »? N'eût-il pas infiniment mieux valu que M. Hébert, alors garde des sceaux, laissât dédaigneusement tomber dans l'oubli les articles de M. Dupoty, rédacteur du *Journal du Peuple*, au lieu de les poursuivre avec l'aveuglement de la passion? De ces articles, qui sont devenus une page d'histoire, qui se fût souvenu le surlendemain?

Si la diffamation nuit à celui qui la méprise, si l'injure blesse celui qui la dédaigne, il faut punir la diffamation, il faut punir l'injure. Mais si, en réalité, et lorsqu'on s'en rend parfaitement compte, la diffamation ne nuit qu'au diffamateur, pourquoi des lois contre lui qui ajoutent une peine à celle de la déconsidération publique justement encourue? Lorsqu'il s'agit uniquement d'injurer, est-il encoe un homme sérieux, si susceptible qu'il soit, qui songe à abriter son honneur ombrageux derrière la sentence d'un tribunal punissant « l'expression outrageante, le terme de mépris, l'invective, » d'une amende de 16 francs à 500 francs?

Entre l'injure et la diffamation, quelle est légalement la différence?

La loi du 17 mai 1819 s'exprime ainsi :

« Art. 13. Toute allégation ou imputation d'un fait qui porte atteinte à l'honneur ou à la considération de la personne, ou du corps auquel le fait est imputé, est une diffamation.

» Toute expression outrageante tenant du mépris, ou invective qui ne renferme l'imputation d'aucun fait, est une injure. »

Ainsi, dire à un homme : « Vous avez volé tel jour telle somme, » c'est une diffamation! Lui dire : «Vous êtes un voleur, » c'est une injure!

Voilà dans quelles distinctions subtiles et puériles tombent les lois qui érigent en crimes et en délits les écarts et les excès de la parole, imprimée ou non, et qui veulent les définir et les punir!

Et ce n'est pas à vous, monsieur le ministre, que j'apprendrai que la loi du 17 mai 1819, à laquelle j'ai emprunté la définition qui précède, passe pour la meilleure loi répressive qui ait été faite en matière de crimes et de délits commis par la voie de la presse ou par tout autre moyen de publication.

Personne ne s'adresse aux tribunaux pour leur demander protection contre une injure. Tout le monde sait qu'un procès n'aboutirait qu'à donner à cette injure une plus grande publicité, une plus grande importance, un plus grand retentissement.

Ce n'est même que très-rarement et très-exceptionnellement qu'on s'adresse aux tribunaux pour leur demander la répression d'une diffamation.

Je dois le dire : les tribunaux seraient de mon opinion, qu'ils ne s'y prendraient pas autrement qu'ils ne s'y prennent actuellement pour dégoûter et décourager les diffamés qui viennent demander à la barre de la justice qu'il leur soit alloué des dommages-intérêts pour le préjudice, à les entendre, toujours immense, causé à leur honneur et à leur considération par la diffamation dont ils se plaignent.

Est-ce que les dommages-intérêts accordés au diffamé dépassent communément les honoraires dus à son avocat?

Est-ce que ces dommages-intérêts, par leur exiguïté, ne paraissent pas plus souvent une dérision offensante qu'une répression efficace?

Ainsi, pour ne citer qu'un exemple, un seul, en juin 1864 un journal, se trompant de personne, annonce que le maire de la commune de *** est gravement compromis dans un procès de concussion en matière de recrutement, procès qui s'instruit et va se dérouler devant la cour d'assises de ***. Le maire, faussement désigné, intente au journal un procès en diffamation. Il fait condamner le journal à trois cents francs d'amende et à mille francs de dommages-intérêts.

De deux choses l'une : ou cette diffamation involontaire du journal n'avait porté aucune atteinte à la juste considération du plaignant, et, dans ce cas, aucune indemnité ne lui était due ; ou cette diffamation avait entaché l'honneur du diffamé, et, dans ce cas, vraiment comment admettre que la tache fût si petite et si légère qu'il ait suffi pour la couvrir d'un billet de mille francs?

La loi qui punit l'injure et la diffamation ne prononce plus le nom de la calomnie [1]. La loi aura pensé sans doute, et avec raison, que la calomnie portait sa condamnation et sa réparation dans son nom même. En effet, qui dit calomnie dit implicitement que la fausseté de l'imputation diffamatoire a été établie et reconnue.

Si l'on punit la diffamation parce qu'elle nuit, l'injure parce qu'elle blesse, pourquoi s'arrêter là? Est-ce que la raillerie ne peut pas être aussi cruelle que l'injure? Est-ce que la critique, juste ou injuste, ne peut pas causer un préjudice aussi grave que la diffamation? Où commencent la diffamation et l'injure? Où s'arrêtent la raillerie et la critique? Le marquis de Sillery, membre de la Consti-

---

[1] Le Code pénal de 1810 punissait la calomnie et ne punissait pas la diffamation. Il définissait ainsi la calomnie :

« Art. 367. La calomnie est l'imputation en public de faits qui, s'ils existaient, exposeraient celui contre lequel ils sont articulés à des poursuites criminelles ou correctionnelles, ou même l'exposerait seulement au mépris et à la haine des citoyens.

» Art. 368. Est réputée fausse toute imputation à l'appui de laquelle la preuve légale n'est pas rapportée. »

Les articles 367 jusqu'à 372 ont été abrogés par la loi du 17 mai 1819. La loi du 26 mai 1819 interdit en ces termes la preuve des faits diffamatoires :

« Art. 20. Nul ne sera admis à prouver la vérité des faits diffamatoires, si ce n'est dans le cas d'imputation contre les dépositaires ou agents de l'autorité ou contre toutes personnes ayant agi dans un caractère public, de faits relatifs à leurs fonctions. Dans ce cas, les faits peuvent être prouvés par-devant la cour d'assises, sauf la preuve contraire par les mêmes voies. »

tuante, s'écriait en 1791 : « Sera-ce calomnier un minis-
» tre que de dire qu'il est un sot? »

Sera-ce diffamer un orateur, un écrivain, un artiste, que de dire qu'il n'a pas de talent?

Dire d'un écrivain qui vit de sa plume ou dire d'un peintre qui vit de son pinceau qu'il manque de talent, quoi de plus nuisible à la réputation de son nom et au bien-être de son existence, s'il est vrai que la presse ait le pouvoir de nuire lorsqu'elle avance ou affirme une chose, cette chose fût-elle fausse!

Mais non, ce pouvoir de nuire, la presse ne l'a pas.

§ III. DU RÉGIME RESTRICTIF.

Toutes les restrictions manquent leur but

Comment y a-t-il encore des aveugles qui persistent, au mépris de l'évidence, à nier l'impuissance de la presse, impuissance attestée par tous les faits, impuissance attestée par la perte de sa liberté dans toutes les circonstances solennelles et décisives où elle en a été mise en possession, après 1789, après 1830 et après 1848 !

Les mesures qui caractérisent le régime restrictif sont les suivantes :

Les priviléges de l'imprimeur,
L'autorisation préalable,
Le cautionnement,
L'impôt du timbre.

Des priviléges d'imprimeur.

Sans la liberté de l'imprimerie, qu'est-ce que la liberté de la presse? — Une fiction.

Si l'écrivain est dans la dépendance de l'imprimeur, qu'est-ce que l'indépendance de l'écrivain ? — Un mensonge.

Qu'importe que la loi ait aboli les censeurs, bourreaux de la pensée, payés par l'Etat, si elle les a laissés subsister sous le nom d'imprimeurs, véritables censeurs de droit et de fait, payés par les écrivains comme au temps où c'était aux suppliciés de payer le bourreau qui les avaient fustigés, qui les avaient marqués au front, qui leur avait percé ou coupé la langue, fendu les lèvres ou crevé les yeux, mis au pilori ou à la question !

Nul, en France, ne pouvant être imprimeur s'il n'est breveté et assermenté, nul en France ne peut être imprimé s'il n'a été préalablement agréé par un imprimeur.

L'imprimeur qui a concouru à une publication interdite ou déclarée coupable pouvant être condamné solidairement avec l'auteur à l'emprisonnement et à l'amende ; l'imprimeur tombant sous le coup des articles 59 et 60 du Code pénal ; son brevet pouvant lui être retiré, ce qui a eu lieu plus d'une fois ; l'imprimeur, encourant ainsi une double responsabilité judiciaire et administrative, est donc dans son droit lorsqu'il refuse d'imprimer un ouvrage qui lui paraît punissable, ou lorsqu'il impose aux auteurs les changements et les modifications qui lui paraissent commandés par la prudence. En agissant ainsi, il ne fait qu'obéir à la loi, loi qui paraîtra un jour aussi excessive que nous paraissent aujourd'hui monstrueux l'ordonnance du 10 septembre 1503, qui portait défense à toutes personnes de publier aucun ouvrage sans permission du roi, sous peine d'être « *pendues et étranglées*, » et l'édit de 1557, qui punissait également « *de mort* » tous les auteurs, imprimeurs et colporteurs de livres tendants à « *émouvoir les esprits...* »

Il est incompréhensible que la responsabilité légale des imprimeurs ait survécu aux justes critiques dont elle a été l'objet.

Le 4 janvier 1827 paraissait dans le *Journal des Débats*

un article de Chateaubriand où il protestait en ces termes véhéments, contre cette responsabilité, qu'il taxait d'absurdité :

« Quoi, l'imprimeur sera juge d'un ouvrage de science, de philosophie, de littérature ! Si cet ouvrage est condamné par les tribunaux, l'imprimeur qui n'y aura rien compris portera la peine du délit dont il est innocent ! Il y a telle maison d'imprimeur-libraire qui compte quelque cent mille publications. Vous voulez que l'imprimeur ait lu et compris ces cent mille ouvrages longs et courts ! Mais ne nous récrions pas trop sur cette palpable *absurdité*, elle a son dessein. On exige l'impossible de l'imprimeur, et pourquoi ? Pour qu'il ne puisse paraître aucun ouvrage qui n'ait obtenu d'avance la sanction de la coterie qui nous opprime... Les partisans de ce projet anéantiraient l'imprimerie s'ils le pouvaient, ils briseraient les presses, dresseraient des gibets et élèveraient des bûchers pour les écrivains ; ne pouvant rétablir le despotisme de l'homme, ils appellent de tous leurs vœux le despotisme de la loi... Les hommes qui ont souffert ensemble de nos discordes, également fatigués, se résignent à achever en paix leurs vieux jours; mais nos enfants, les enfants qui n'auront pas comme nous besoin de repos, n'entreront point dans ce compromis de la lassitude : ils marcheront et revendiqueront, la Charte à la main, le prix du sang et des larmes de leurs pères. On ne fait pas reculer les générations qui s'avancent, en leur jetant à la tête des fragments de ruine et des débris de tombeaux. Les insensés qui prétendent mener le passé au combat contre l'avenir sont les victimes de leur témérité : les siècles en s'abordant les écrasent. »

En 1829 paraissait, dans l'*Encyclopédie moderne*, aux mots : LIBERTÉ DE LA PRESSE, un article de Pagès (de l'Ariége), où se trouve ce passage :

« La liberté de la presse ne peut se concevoir sans la liberté du commerce de l'imprimerie et de la librairie Lorsqu'on punit l'abus, on ne peut restreindre l'usage. Dire à un écrivain : Vous êtes libre d'écrire, mais vous ne pourrez faire imprimer et vendre votre livre que sous notre bon plaisir ; dire à l'imprimeur, au libraire : N'imprimez pas, ne vendez pas, ou votre privilége vous sera retiré, c'est allier le système préventif au système pénal ; c'est donner en principe une liberté qu'on retire en pratique ; c'est porter dans la royauté constitutionnelle les jongleries arbitraires de la monarchie absolue. Les brevets d'imprimeur, de libraire, étaient une conséquence naturelle du système préventif de l'ancienne France et de la France impériale ; mais ils sont un contre-sens dans le système pénal de la France constitutionnelle ; ils finiraient par rendre la liberté illusoire et la publicité impossible. La loi sur la presse ne peut exister qu'autant qu'elle établira l'indépendance de la librairie ; hors de là, déception honteuse, elle ne serait qu'un leurre et qu'un piége. »

Longtemps, bien longtemps avant que Chateaubriand et Pagès (de l'Ariége) s'exprimassent ainsi que vous venez de le voir, monsieur le ministre, Malesherbes s'était prononcé en ces termes contre la limitation du nombre des imprimeurs :

« Je crois toujours dangereux pour toute espèce de commerce de fixer le nombre de ceux à qui il est permis de l'exercer ; ce qu'il y aurait de plus avantageux pour l'imprimerie, en ne la regardant que du côté du commerce, serait de la laisser libre. »

Depuis 1759 que M. Lamoignon de Malesherbes, directeur de la librairie et de la littérature, et plus tard ministre d'Etat, écrivait ses cinq Mémoires à la demande du Dauphin, fils de Louis XV, trois révolutions se sont accomplies : la première en 1789, la seconde en 1830 et la troisième en 1848. La liberté des professions a été proclamée et décrétée, sans que le droit de tous à l'imprimerie soit encore reconnu. La profession d'imprimeur n'a pas cessé d'être un privilége.

Pourquoi ?

Même en admettant que la parole, imprimée ou non, puisse jamais constituer un crime et un délit punissables, en quoi l'imprimeur qui imprime le livre d'un auteur est-il plus coupable que le fabricant de papier qui a fourni le papier sur lequel le livre ou le journal condamnés ont été imprimés ? Lorsqu'on punit l'imprimeur, pourquoi ne pas punir le fabricant de papier ? Mais sur-

6

tout pourquoi ne pas punir l'Etat dans la personne du directeur général des postes, toutes les fois que l'écrit incriminé a été transporté, distribué par ses facteurs? Est-ce que le directeur général des postes, laissé à l'écart des poursuites, a pris à la perpétration du prétendu délit moins de part que l'imprimeur accusé de complicité? Entre le monopole fiscal et la répression judiciaire, il faut choisir, car, logiquement, ils s'excluent.

Malesherbes, dans son quatrième Mémoire, rappelle que l'article 5 de la Déclaration du 16 août 1757 condamnait à une forte amende les propriétaires et principaux locataires des maisons où il y a des imprimeries clandestines, par le seul fait de n'avoir pas dénoncé un délit qui pouvait être commis à leur insu. Telles étaient, à cette époque, les défiances de la loi que l'article 8 de la Déclaration de 1728 défendait d'employer dans l'imprimerie des rouleaux au lieu de presses. « La raison de cette prohibition est que l'imprimerie avec des rouleaux se fait sans bruit, et par là facilite la fraude. » [1]

Les prétendus crimes et délits de la parole, de l'écriture et de la presse ne fussent-ils pas des crimes et des délits imaginaires, la profession d'imprimeur devrait être libre comme toutes les autres professions; à plus forte raison doit-elle être libre dans l'ordre d'idées que j'expose ici et qui a pour couronnement l'impunité de la presse ayant l'impuissance de la presse pour fondement.

Le droit à l'imprimerie existe en Angleterre et en Bel-

---

1 *Mémoire sur la librairie et la liberté de la presse*, par M. Lamoignon de Malesherbes, ministre d'Etat. Paris, Agasse, imprimeur-libraire, rue des Poitevins. 1809.

gique, ainsi que dans les deux duchés de la Hesse-Darmstadt et du Mecklembourg; il doit exister en France.

De l'autorisation préalable.

Restreinte à la presse périodique, l'autorisation préalable appartient autant au régime préventif qu'au régime restrictif; c'est la censure appliquée non à l'écrit, mais à l'écrivain, car si ce n'est le journal, c'est le journaliste réduit au silence. Le but que s'est proposé le décret de 1852 en combinant la restriction de l'autorisation préalable, écrite dans l'article 1er, avec le droit de suppression, écrit dans l'article 32, a été évidemment de placer les journaux dans la dépendance du gouvernement que la réussite du coup d'Etat du 2 décembre venait d'investir du pouvoir constituant ; ce but a-t-il été atteint ? Les journaux, cela est certain, ont été tenus à plus de réserve dans leur direction, à plus d'art dans leur rédaction, mais aucun de ceux qui existaient antérieurement au décret du 17 février 1852 n'a dévié de la ligne qu'il suivait, ni perdu l'indépendance qu'il avait. La *Gazette de France*, le *Journal des Débats*, la *Presse*, le *Siècle*, l'*Union*, sont demeurés après ce qu'ils étaient auparavant.

L'unique effet de l'autorisation préalable a été d'ériger le journalisme en monopole, la liberté de la presse en féodalité de la presse et la sincérité d'opinions en hypocrisie de style. Qu'est-ce que le pouvoir a gagné à cette atteinte portée au droit commun et à la liberté des professions? Les journaux en ont-ils moins de lecteurs?

Faites-vous mettre sous les yeux, monsieur le ministre, l'état comparé du timbre des journaux politiques de Paris en juillet 1864, avec l'état du timbre de ces journaux en juillet 1847 et en juillet 1851, et tirez-en la conclusion. Au point de vue du gouvernement, puisqu'il croit à la puissance de la presse, n'eût-il pas mieux valu que le même chiffre de lecteurs eût pour diviseur un nombre de journaux moins restreint ? S'il est vrai qu'un journal soit une puissance, que devez-vous penser de celle du journal le *Siècle*, dont les abonnés dépassent le chiffre de cinquante mille, et qui échappe à tous les coups qui pourraient le frapper par une réserve qui, pour être très-grande, n'en est pas moins très-transparente? Avant le décret du 17 février 1852, est-ce que le *Siècle* avait une attitude plus prononcée et un langage moins modéré? L'autorisation préalable serait supprimée que, à moins de supprimer en même temps le timbre, le nombre des journaux politiques ne s'accroîtrait pas; car au prix actuel de 54 francs par an, — soit 15 centimes par numéro, — il faut, pour qu'un journal vive, qu'il se tire à 10,000 exemplaires au moins, et que, brut, il encaisse annuellement environ 300,000 francs d'annonces. Au résumé, si le journalisme est une puissance et si le gouvernement, en rétablissant le régime de l'autorisation préalable, s'est proposé pour but de s'affranchir de cette puissance et de l'affaiblir, le gouvernement a tourné le dos à son but, et ce qui le prouve, c'est que les idées de liberté ont retrouvé depuis 1852 toute la faveur qu'elles avaient perdue après 1848, moins encore par le dévergondage de certaines feuilles que par le cynisme de leurs titres, ce qui est la preuve manifeste que les exagérations de la liberté ne nuisent qu'à la liberté et profitent au pouvoir, autour duquel elles rallient et resserrent étroitement en faisceau tous les esprits timorés et tous les intérêts effrayés.

Autrefois, les livres ne pouvaient paraître sans autorisation ; maintenant, une autorisation ne leur est pas nécessaire. S'aperçoit-on que les lecteurs en soient devenus plus nombreux et les abus plus rares ? Quel est le livre dont la publication fasse événement ? Si la logique n'avait pas conduit à penser que la *Vie de Jésus*, par M. Renan, serait saisie et condamnée, il y a lieu de croire que la curiosité excitée par ce livre eût été infiniment moins éveillée et qu'il ne s'en fût pas vendu autant d'exemplaires. Quoi qu'il en soit, le livre a paru : la foi de ceux qui croyaient en a-t-elle été diminuée ? Le journal le *Monde* prétend qu'elle en est plus vive et plus grande. Où sont donc les ravages que ce livre a causés ? L'année prochaine, qui le relira ? qui s'en souviendra ?

Ce qui a été fait pour les livres paraissant maintenant sans autorisation, pourquoi ne le ferait-on pas pour les journaux soumis, depuis 1852, au régime de l'autorisation préalable, régime en contradiction flagrante avec la liberté et l'égalité des professions ?

Pour faire imprimer un livre, à défaut d'éditeur, que faut-il ? Trois ou quatre mille francs au plus.

Pour entreprendre un journal politique quotidien, que faut-il ? Trois ou quatre cent mille francs au moins.

Est-ce que la difficulté de se procurer ces trois ou quatre cent mille francs n'est pas par elle-même une barrière assez haute pour rendre superflue celle de l'autorisation préalable?

Cette autorisation, à laquelle on a renoncé même en Autriche, serait supprimée, qu'au bout d'une année, je le répète, le nombre des journaux ne dépasserait pas le chiffre actuel. Est-ce que depuis 1852 plusieurs journaux déjà n'ont pas cessé de paraître faute d'abonnés, d'acheteurs et d'annonces? Est-ce que plusieurs journaux ne languissent pas et ne sont pas menacés de s'éteindre de consomption ?

Le jour où vous y regarderez de près, monsieur le ministre, vous reconnaîtrez tout de suite que l'autorisation préalable à laquelle les journaux sont soumis ne sert qu'à faire paraître le gouvernement de Napoléon III plus timide et moins libéral que le gouvernement du roi Louis-Philippe.

Ce n'est pas le journalisme qui est intéressé à la suppression de cette barrière qui le préserve de la concurrence, à l'abolition de ce privilége qui le dispense de la nécessité d'étudier les questions, de les approfondir : c'est l'Empire, qui doit veiller à ne jamais laisser subsister une comparaison de gouvernement à gouvernement qui puisse lui nuire.

Les journaux qui revendiquent la liberté de la presse la revendiquent non pour eux, mais contre eux. Ils n'auraient qu'à perdre à passer du régime du monopole au régime de la liberté. Lorsqu'ils placent la question d'intérêt au-dessous de la question de principe, ils font ce qu'eût fait l'honorable M. Pouyer-Quertier s'il eût soutenu la liberté du commerce au lieu de la combattre : ils donnent l'exemple du désintéressement. C'est ce qu'on n'apprécie point assez.

Prenez la peine de relire, monsieur le ministre, ce que

Benjamin Constant écrivait sous la Restauration en faveur de la « liberté des brochures ». [1] Il appelait ainsi l'exemption de la censure préalable. La censure, dont il demandait la suppression sans l'obtenir, a été supprimée; on peut ajouter que, à quelques exceptions près, la liberté des brochures est entière. Depuis que les brochures ont cessé d'être un fruit défendu [2], quel succès ont-elles?

---

[1] *De la liberté des brochures, des pamphlets et des journaux, considérée sous le rapport de l'intérêt du gouvernement.*

[2] « Un libraire du Palais-Royal disait, il y a quelques mois, à un auteur qui lui avait vendu une édition entière d'un critique : « Monsieur, votre livre ne vaut rien, car il n'y a pas vingt de mes pratiques qui me l'aient encore demandé. — Je le crois bien, lui répondit le faiseur de libelles; c'est que vous n'avez pas la patience qui convient à votre état. Attendez qu'on l'ait brûlé, et vous verrez combien le débit augmentera. »

» On le brûla, et le débit augmenta au point qu'on en est aujourd'hui à la troisième édition... Cependant il faut un genre de génie pour parvenir jusqu'à la brûlure, car n'est pas brûlé qui veut. »

(*Réponse aux instructions envoyées par S. A. R. monseigneur le duc d'Orléans à ses chargés de procuration dans les bailliages, relativement aux Etats généraux, 1789.*)

« ... Après l'oppression de la presse qui s'était fait sentir vers la fin du règne de Louis XIV arriva la licence, qui se montra effrontément sous la Régence et pendant tout le règne de Louis XV. A cette époque, on vit un désaccord complet entre les mœurs et les lois.

» Jamais on ne poursuivit autant les auteurs, et jamais aussi on ne rechercha avec plus d'avidité les livres condamnés! C'était un moyen infaillible de les mettre en vogue. Aussi Lauraguais avait la hardiesse d'écrire au Parlement : « *Honneur aux livres brûlés!* » Un auteur satirique, qui avait reçu trente mille francs pour un pamphlet supprimé, priait le ministère d'en saisir un second qu'il allait mettre sous presse, afin de compléter, disait-il, la somme de soixante mille francs dont il avait besoin pour vivre tranquille, promettant qu'après cela il cesserait d'écrire. »

DUPIN, *Éloge de Lamoignon de Malesherbes.*

qui les achète? qui les lit? Faites venir dans votre cabinet M. Dentu, le grand éditeur de brochures, et demandez-lui si, sur cent brochures qu'il met en vente, il y en a cinq qui couvrent leurs frais d'impression, et une qui donne un bénéfice quelconque? Ce qui est advenu pour les brochures, dont la Restauration avait si grand'peur de 1815 à 1830, est exactement ce qui arriverait pour les journaux dont l'Empire s'effraye encore en 1864.

Du cautionnement.

L'idée du cautionnement appartient à M. Raynouard, député, qui l'a indiquée dans son rapport sur le projet de loi, devenu la loi du 21 octobre 1814; plus tard, Chateaubriand l'a exposée ainsi qu'il suit, en 1816, dans son fameux écrit : *De la monarchie selon la Charte :*

« ... C'est aux risques et périls de l'écrivain que je demande pour lui la liberté de la presse ; mais il faut cette liberté, ou, encore une fois, la Constitution n'est qu'un jeu.

» Quant aux journaux, qui sont l'arme la plus dangereuse, il est d'abord aisé d'en diminuer l'abus en obligeant les propriétaires des feuilles périodiques, comme les notaires et autres agents publics, à fournir un cautionnement. Ce cautionnement répondrait des amendes, peine la plus juste et la plus facile à appliquer. Je le fixerai au capital que suppose la contribution directe de mille francs que tout citoyen doit payer pour être élu membre de la Chambre des députés. Voici ma raison : Une gazette est une tribune. De même qu'on exige du député, appelé à discuter les affaires, que son intérêt comme propriétaire l'attache à la propriété commune, de même le journaliste qui veut s'arroger le droit de parler à la France doit être aussi un homme qui ait quelque chose à gagner à l'ordre public et à perdre au bouleversement de la société. Vous seriez, par ce moyen, débarrassés de la foule des papiers publiés. Les journalistes en petit nombre qui pourraient fournir ce cautionnement, exposés à perdre la somme consignée, apprendraient à mesurer leurs paroles. »

A Chateaubriand, ayant revendiqué dans le *Conservateur* l'idée du cautionnement des journaux, quoiqu'elle ne lui appartînt pas, Evariste Dumoulin répondait ainsi dans la *Minerve française* :

« Vouloir assujettir les propriétaires ou éditeurs de journaux au dépôt d'un cautionnement, c'est vouloir créer en faveur de ceux qui ont de l'argent, au préjudice de ceux qui n'en ont pas, le privilége d'écrire et de publier leurs opinions. C'est le monopole, sinon de la pensée, au moins du droit d'exprimer sa pensée. Les riches pourront parler ; les pauvres devront se taire. Les hommes monarchiques, les hommes féodaux voteront pour cet article. [1]

» J'ai le droit d'écrire, comme j'ai le droit de marcher ; mais en écrivant, dites-vous, je peux nuire à autrui : il faut qu'un cautionnement garantisse le prochain du dommage que je peux lui porter. Est-ce qu'en marchant dans les champs de mon voisin, je ne peux pas aussi détruire ses semences, dégrader sa vigne, endommager son bien ? Il faut donc assujettir à un cautionnement tous ceux qui voudront s'aller promener.

» Les journaux ne seront libres, en effet, que lorsqu'ils pourront paraître affranchis de tout dépôt et de toute censure préalable ; ils ne pourront user de leur liberté que lorsque les éditeurs seront à l'abri de toute poursuite, en représentant l'auteur de l'article dénoncé aux tribunaux, sauf à répondre civilement des condamnations prononcées contre le coupable. Enfin les journaux, comme tous les autres écrits, ne pourront être librement publiés que lorsque les imprimeurs seront indépendants de l'autorité et lorsque les éditeurs ne seront pas assujettis à un cautionnement. Avec la loi nouvelle, les journaux seront plus esclaves que jamais. Cette loi traite les hommes de lettres et les publicistes comme on traite les jeunes gens dits de bonne maison : elle les livre aux usuriers. »

Tout ce qui empêche la diffusion des journaux a pour effet de mettre la féodalité de la presse à la place de la liberté de la presse. Dans l'ordre d'idées que j'expose ici, tout ce qui concentre la presse, tout ce qui la centralise

---

[1] La dernière livraison du *Conservateur* revendique en faveur de M. de Chateaubriand « l'honneur de cette invention. »

Note d'Evariste Dumoulin.

doit disparaître, aussi bien la barrière du cautionnement que la barrière de l'autorisation préalable.

Ainsi qu'il arrive de la plupart des idées dont presque toujours on s'exagère l'importance en bien ou en mal, les avantages et les inconvénients, la restriction du cautionnement a trompé les espérances de ceux qui la défendaient et les défiances de ceux qui la combattaient.

Que disaient les défenseurs de la mesure restrictive du cautionnement ?

Ils disaient :

M. de Serre, garde des sceaux :

« Or, cet intérêt (l'intérêt au maintien de la tranquillité publique se trouve dans la situation sociale du journaliste, et le cautionnement qu'exige de lui la loi est, entre les mains de la société, non pas un nantissement, mais le gage et la preuve de cette situation. Si la loi affecte particulièrement les fonds du cautionnement à l'acquittement des condamnations que pourront encourir les journalistes, cette disposition est un accessoire du cautionnement, mais n'en est pas le principe.

» ... Les journaux sont un besoin de la société actuelle ; ils sont un des éléments indispensables du gouvernement représentatif, et c'est pour cela qu'il importe d'élever ces mêmes journaux et de les garantir eux-mêmes de leurs propres excès, en ne les plaçant que dans des mains qui offrent une responsabilité réelle.

» Voilà le seul motif qui fait insister le gouvernement avec tant de force pour le maintien du cautionnement tel qu'il vous l'a proposé. »[1]

M. Guizot, commissaire du roi Louis XVIII :

« Nous ne saurions partager l'opinion de l'honorable rapporteur de votre commission, qui n'a cherché le principe des cautionnements des journalistes que dans la nécessité d'assurer le payement des amendes

---

[1] Discours de M. de Serre, garde des sceaux. — Exposé des motifs devant la Chambre des pairs, *Moniteur* du 12 mai 1819, page 565.

éventuelles. S'il en était ainsi, l'un des préopinants aurait eu raison de s'étonner qu'on ne leur demandât pas aussi des otages. Mais le véritable principe, le principe légitime du cautionnement est ailleurs : il réside dans cet ensemble de faits que nous avons essayé de vous retracer, et dont le résultat est d'attribuer aux journaux une puissance telle qu'on ne saurait, sans une grave imprudence, la livrer à quiconque voudrait s'en servir.

» L'objet du cautionnement est donc non-seulement de pourvoir au payement des amendes, mais surtout de ne placer l'influence des journaux qu'entre les mains d'hommes qui donnent à la société quelques gages de leur existence et lui puissent inspirer quelque confiance. »[1]

M. Guizot, devenu ministre du roi Louis-Philippe :

« La question du cautionnement est surtout une question politique. Le cautionnement n'est pas, comme on l'a dit, une mesure purement fiscale, il n'a pas pour unique objet d'assurer le payement des amendes auxquelles les éditeurs de journaux peuvent être condamnés. Le cautionnement garantit que les éditeurs de journaux sont des hommes qui appartiennent à une classe un peu élevée dans la société, et prouve l'importance de l'opinion qu'un journal représente, le prix que cette opinion attache à être représentée. Le cautionnement a pour objet de placer la direction et la responsabilité de la presse périodique dans une sphère élevée, d'empêcher que la rédaction ne puisse tomber dans les mains du premier venu. C'est là le véritable caractère du cautionnement.

» ... Voulez-vous faire justice et non pas faveur, supprimez les droits sur le timbre et les frais de poste. Cette suppression tournera véritablement au profit de tous ; ce sera une mesure efficace. Je n'ai, pour mon compte, aucune objection à opposer... Mais, je le répète, l'abaissement du cautionnement ne tournerait qu'au profit des journaux qui cherchent à répandre de mauvaises doctrines... Vous prendrez une mesure de salut public. »[2]

M. Royer-Collard :

« Sans nul doute, nous avons besoin de journaux ; ils sont l'une des conditions du gouvernement représentatif. Un journal est une

---

1 *Moniteur* du 4 mai 1819.

2 *Moniteur* du 9 novembre 1830.

influence et peut-être la plus puissante. L'influence politique appelle une garantie; la garantie politique ne se rencontre, selon les principes de notre Charte, que dans une certaine situation sociale; cette situation est déterminée par la propriété ou par ses équivalents. Voilà le principe du cautionnement, principe qui lui donne une base bien plus large et plus solide que la garantie des conditions judiciaires.

» Vous avez à préserver la liberté de la presse de ses propres excès et à rassurer la nation contre les souvenirs terribles qu'ont laissés les journaux. Il serait avantageux aux partis de n'avoir pour organes de leurs opinions que des hommes de quelque considération qui ne pussent pas leur imprimer aux yeux du public leur propre imprudence et leur propre folie. » [1]

M. de Lally-Tollendal :

« Quoi! le corps social a pu, pour sa sécurité, se réduire lui-même à *cent mille électeurs et seize mille éligibles* sur les trente millions qui le composent et que représente la Chambre des députés, et le corps social ne pourrait pas travailler à réduire le nombre des écrivains périodiques, s'il était vrai que la diminution de ce nombre fût le résultat nécessaire de son épuration!

» Nous avons entendu et approuvé M. le ministre de la justice, lorsque, s'élevant à des vues d'un ordre supérieur, il nous a dit que le cautionnement des deniers consignés comme devant faire face aux frais de procédure et aux condamnations d'amendes éventuelles n'était qu'un motif très-secondaire du cautionnement exigé; que le motif déterminant avait dû être le degré de moralité, apanage toujours présumé de la propriété. » [2]

M. le comte Molé :

« Si l'on doit regarder les journaux libres comme un des éléments constitutifs de notre organisation, il ne faut pas moins leur reconnaître une influence qui peut devenir nuisible et même funeste à la société. On ne peut donc les considérer comme une simple industrie, et rien n'est plus juste et plus rationnel que de les soumettre à un cens, comme la Charte l'a fait pour l'exercice des droits politiques.

» On ne saurait, sans retomber dans l'examen préalable, sans at-

---

[1] *Moniteur* du 5 mai 1819, page 558.

[2] Rapport de M. de Lally-Tollendal à la Chambre des pairs. *Moniteur* du 5 juin 1819.

tenter à la liberté même, imaginer une garantie plus certaine que celle du cens ; exiger des journalistes un cautionnement, c'est exiger de ceux qui peuvent faire tant de bien et tant de mal qu'ils aient des engagements préalables avec le bien. » [1]

M. de Portalis, garde des sceaux :

« La première condition qu'impose le projet de loi est celle du cautionnement ; or rien n'est plus conforme à l'esprit de la Charte, car elle a voulu qu'une certaine quantité de propriété fût à la fois le signe et la garantie de la propriété politique ; le cens de l'électeur, le cens de l'éligible sont aussi des cautionnements.

» ... Dans le grand intérêt de la sécurité de l'Etat, la Charte a concentré le plus précieux des droits politiques sur la tête de quatre-vingt mille électeurs et de seize mille éligibles ; et vous hésiteriez à demander aux journalistes, qui influent si puissamment sur les électeurs, qui sont associés à la préparation et à la discussion des lois, qui exercent une si vaste et si rapide influence, la garantie d'un cautionnement ! » [2]

« ... Le cautionnement n'est pas seulement exigé comme le gage des amendes qui pourront être prononcées ; ce n'est pas, comme on l'a trop répété, une mesure toute fiscale ; il doit être envisagé de plus haut : c'est une garantie morale et politique. La loi veut que celui qui forme une entreprise qui doit influer puissamment sur l'opinion de ses concitoyens soit, par l'état de sa fortune, intéressé au maintien de l'ordre et de la paix publique. Ce n est pas seulement pour répondre d'une peine pécuniaire à laquelle il n'est pas impossible qu'il soit condamné que le législateur lui impose un cautionnement : c'est pour s'assurer qu'un homme qui va tous les jours parler aux autres hommes de ce qui émeut les passions et échauffe les esprits a quelque chose à perdre, et ne sera point un artisan de trouble. » [3]

M. le comte Siméon :

« A la répression des lois se joint la garantie du cautionnement... La fortune qu'elle exige des journalistes devient une juste présomption de leur intérêt à ne rien écrire qui puisse troubler l'Etat ou propager des doctrines dangereuses. C'est une présomption du même genre que celle du cens requis pour l'électorat et l'éligibilité, duquel

---

1 *Moniteur* du 11 juillet 1828.

2 *Moniteur* du 1er juin 1828.

3 *Moniteur* du 6 juin 1828.

on déduit l'intérêt de l'électeur et de l'éligible à la conservation de la paix publique. »[1]

M. le duc de Broglie :

« Le but du cautionnement n'est pas de garantir le payement des amendes; ce n'est pas dans cette intention que le législateur a institué le cautionnement en 1819 et qu'il l'a confirmé en 1828.

» J'ai été forcé de rappeler, d une part, que le recouvrement des amendes était une branche de revenu public sur laquelle le gouvernement ne comptait pas, et qu'il verrait avec plaisir disparaître de ses ressources; qu'en conséquence, si le cautionnement n'avait eu d'autre but que le recouvrement des amendes, le législateur, en 1819, n'eût pas institué de cautionnement, et je ne craindrais pas de prendre sur moi d'en proposer, *au nom de la commission*, la suppression absolue. Mais le but du cautionnement, c'est de garantir à la société que ceux qui exercent la profession, je ne veux pas dire de journaliste, mais de ceux qui fondent un journal, lui présentent des garanties d'attachement à l'ordre public.

» ... Il n'est pas exact de dire que le cautionnement n'ait d'autre but que de garantir au gouvernement le payement des amendes, aux parties lésées le remboursement des dommages encourus par suite des condamnations judiciaires.

» A la vérité, l'article 3 de la loi du 10 juin 1819 et l'article 13 de la loi du 13 juillet 1828 affectent spécialement le cautionnement à ce double objet, mais ce n'est là qu'une précaution subsidiaire et accessoire. En instituant le cautionnement, le but du législateur a été tout autre. Peu lui importe, au fond, l'exact recouvrement des amendes; c'est une branche de revenu public sur laquelle il compte peu, et qu'il serait heureux de voir tout à fait stérile. Le principe du cautionnement est le même que le principe du cens de trois cents francs pour les électeurs et de mille francs pour les éligibles.

» La presse périodique est une véritable puissance dans l'Etat, et il importe à l'Etat que cette puissance ne soit exercée que par des hommes qui lui présentent, par leur fortune, par leur position sociale, certaines garanties. »[2]

Que disaient les adversaires de la mesure restrictive du cautionnement?

---

[1] *Moniteur*, juillet 1828. Rapport.

[2] *Moniteur* du 4 décembre 1830.

Ils disaient :

M. Daunou :

« On envisage le cautionnement comme un gage du payement des amendes. On présume, d'une part, que les journalistes ne manqueront pas d'abuser de la liberté qu'on va leur rendre, ce qui est une injure à la fois gratuite et imprudente ; de l'autre part, on suppose qu'un cautionnement peut assurer le payement de leurs amendes ; cette hypothèse est encore moins fondée que la première. »[1]

M. Benjamin Constant :

« La presse est un instrument, elle doit rentrer dans le droit commun ; or le droit commun ne veut point que celui qui se sert d'un instrument donne caution qu'il n'en abusera pas. Sous ce rapport, la loi serait donc une loi d'exception ; de plus, elle violerait l'article 8 de la Charte, qui interdit formellement toutes les lois préventives relativement à la presse, et qui ne permet que les lois répressives ; or un cautionnement anticipé n est certainement pas une mesure de répression. D'ailleurs, en partant de là, il faudrait demander des garanties et des cautionnements pour toutes les professions, car il n'en est pas une dont l'abus ne puisse conduire à des délits et même à des crimes. Enfin, on a toujours vu que ce système de prévenir les délits, au lieu de les punir, ne servait qu'à enchaîner les innocents, sous prétexte qu'ils pourraient bien devenir coupables. Il faut donc en revenir franchement à protéger la liberté. »[2]

M. Viennet :

« L'invention du cautionnement remonte à une date ancienne : il y a trente-huit ans qu'on s'occupe de réprimer les écarts du journalisme ; et, comme tous les gouvernements veulent sortir du droit commun, il en résulte qu'après discussion,

» Cent mémoires,

» Quatre cents discours,

» Mille articles de gazettes,

» Nous ne savons encore comment nous y prendre.

---

1 *Moniteur*, page 547, 1819.

2 Juin 1819.

» Assimilez les délits de la presse aux délits qui leur sont analogues, et le Code pénal suffira pour les réprimer! »[1]

M. le général Lafayette :

« La question du cautionnement des journaux a été tellement débattue, que je ne prendrais pas la parole si je n'avais des exemples propres à rassurer les imaginations les plus timorées.

» En Angleterre, il n'est pas question de cautionnement de journaux, et personne ne s'en plaint. Aux Etats-Unis, on fait mieux : la multiplication des journaux est encouragée par tous les moyens. Chaque éditeur de journal a le droit de recevoir, franc de port, un exemplaire de tous les journaux de cette vaste Union, de manière qu'aucun article utile, instructif, ne peut échapper à la connaissance de tous les citoyens. Chaque maître de poste en reçoit un exemplaire franc de port ; partout le port des journaux est à bas prix ; et néanmoins, je vous le demande, messieurs, est-il dans les pays de despotisme et d'aristocratie une seule ville de deux cent mille, de cent mille âmes, dont une compagnie d'assurances voudrait garantir la tranquillité à un aussi bas prix qu'on assurerait la tranquillité de Philadelphie, de New-York ou de Boston ?

» Et d'ailleurs, les faits mêmes, très-fâcheux sans doute, qu'on vient de citer ne prouvent-ils pas l'insuffisance de ces moyens de cautionnement? Autant vaudrait-il, comme on l'a souvent répété, déposer en sortant de nos maisons un cautionnement contre les sottises que chacun pourrait faire, les amendes qu'il pourrait encourir dans la journée. Je conçois la censure dans un Etat despotique : une seule pensée peut s'y faire jour, la pensée du maître. Tel était le système de Napoléon, ce despotisme le plus complet, le plus habilement conçu qui ait jamais asservi la France. Je conçois aussi qu'une dynastie, une camarilla, imbue de ces préjugés, de ces fantasmagories politiques dont il a été fait justice en trois jours, aient trouvé dans le système du cautionnement une consolation de la perte de la censure ; mais dans cette nouvelle ère de la liberté et de la vérité, à quoi les cautionnements sont-ils bons? Nous avons les lois, nous avons le jury ; tenons-nous à ces moyens de répression. Je ne m'étendrai pas sur la question fiscale. Je crois que la pensée humaine n'est pas une matière imposable, et j'insiste pour la complète abolition des cautionnements. »[2]

M. Odilon Barrot :

« La liberté de la presse étant un droit absolu, je repousse le

---

1 1828.

2 *Moniteur*, 9 novembre 1830.

cautionnement, le timbre, et toutes les entraves à la liberté de la pensée. » [1]

M. de Tracy :

« Je propose l'amendement suivant à l'attention de la Chambre :

» 1° Le cautionnement pour les journaux est supprimé ;

» 2° Tout journal qui n'acquittera pas l'amende ou les amendes auxquelles il aura été condamné, dans le délai d'un mois à dater de la signification du jugement, cessera de paraître ; le gérant ne pourra être gérant d'aucune feuille publique jusqu'à ce qu'il ait satisfait aux condamnations portées contre lui ;

» 3° L'impôt du timbre est supprimé ; il est remplacé par un droit de patente.

» Les patentes seront divisées en deux classes, d'après le prix de l'abonnement annuel, savoir : celles de mille francs pour soixante francs et au-dessous, et celles de deux mille francs pour tout abonnement qui excédera cette somme.

» Messieurs, entre l'esclavage absolu et la liberté complète, il n'y a pour le pouvoir qu'inconvénients et malheurs.

» Chose étrange ! à toute heure du jour, dans des domiciles privés, des armes, de la poudre, du poison même sont vendus ; et quand il s'agit une fois par jour de vendre publiquement les produits de la pensée, que dis-je ! la pensée même, si je puis parler ainsi, répandue sur quatre bandes de papier, la chose devient alors bien différente : vous prenez alors des précautions, vous exigez des cautionnements, et vous vous imaginez par là rendre la presse moins malveillante, moins hostile !... En vérité, si je ne m'abuse, il me semble que quand l'autorité aurait voulu provoquer le mal qu'elle veut éviter, elle n'aurait pas pu choisir un moyen plus propre pour y réussir. Oui, si vous voulez rendre la presse tout à la fois ferme et vigilante, mais mesurée, affranchissez-la des entraves offensantes qui la gênent, permettez aux hommes généreux de prendre la plume dans l'intérêt du pays.

» Croyez qu'au besoin ces hommes généreux ne manqueraient pas au pays, et qu'ils s'empresseraient de répandre au loin des avis et des conseils salutaires. Il ne faut pas tant se méfier de l'espèce humaine. Vous êtes mécontents du présent ; mais, souvenez-vous-en, ne l'étiez-vous pas pareillement du passé ? Une bonne fois, essayez donc de la liberté, ne fût-ce que par curiosité. (Rire général.)

» Pour le *timbre*, mon motif pour en demander l'abolition et son

---

[1] *Moniteur*, 9 novembre 1830.

remplacement par un droit de patente est simple, il est toujours le même : je ne veux pas de régime exceptionnel. D'où vient que l'industrie de la presse est la seule soumise à l'impôt du timbre, quand toutes les autres ne le sont qu'au droit de patente ? Pourquoi, lorsqu'un produit sort de l'atelier d'un manufacturier, ne le marquez-vous pas d'un timbre ? Pourquoi l'industrie de la presse serait-elle l'objet d'une exception malveillante, injuste, et d'autant plus injuste que celui qui l'exerce est obligé de faire longtemps de fortes avances avant d'obtenir quelque bénéfice.

» Permettez-moi, avant de quitter cette tribune, de vous manifester un sentiment que j'ai toujours éprouvé lorsque le sujet qui nous occupe a été traité dans cette Chambre ; ce sentiment, je l'avoue, est un sentiment de surprise. J'ai peine à concevoir que cette question en soit une. Je ne doute pas qu'un jour viendra où l'on s'étonnera qu'elle ait jamais pu être élevée. On s'étonnera même que le principe de la liberté de publier sa pensée ait eu besoin d'être inséré dans notre pacte social. « Pourquoi, diront nos descendants, nos pères ont-ils jugé à propos de mettre dans notre pacte un principe aussi évident? Pourquoi n'y mettaient-ils pas aussi bien que tout Français peut aller et venir dans toutes les directions où il lui plaît ? » On aura sans doute oublié alors qu'un pareil principe ait pu donner lieu à la moindre contestation.

» Oui, messieurs, c'est très-sérieusement que je fais cette supposition. Quant à moi, il me paraît tout aussi étrange d'insérer dans le pacte fondamental qu'il est permis de publier sa pensée, que d'y mettre qu'il est permis de penser ; car publier sa pensée n'est autre chose que parler, parler à distance. Or, il serait tout aussi naturel de proclamer le droit de parler que le droit de penser.

» Je suis convaincu, messieurs, que les préjugés seuls ont pu faire rapporter de pareilles théories. Ces préjugés avaient pris naissance dans un temps déjà loin de nous, où les masses étaient opprimées par des minorités ; ces minorités, dans des situations hostiles à l'égard des masses, les craignaient, redoutaient avec juste raison la manifestation spontanée de leurs sentiments. Cet état social est passé, mais nous en subissons encore les conséquences. Répudions enfin complétement cet héritage, et soyons fidèles à des principes que naguère nous invoquions contre nos adversaires. Ils étaient au moins conséquents dans leur système, car ils ne voulaient la liberté ni de fait ni de droit, tandis que nous, qui l'admettons dans le droit, nous ne l'admettons pas dans le fait.

» Telle est ma profession de foi. Je n'hésite pas à la faire, quand je devrais courir le risque d'être rangé parmi ces rêveurs, ces faiseurs d'utopies qu'on ne cesse de vous signaler. Ce reproche me touche peu : de tout temps il a été adressé aux hommes fidèles à leurs principes. Sous le despotisme rude, je dirai même naïf, de l'Empire et sous le despotisme hypocrite de la Restauration, les mêmes reproches ont été adressés aux hommes qui ont tenu mon langage par ceux qui se croyaient le talent exclusif de gouverner. Lesquels des uns ou des autres ont bien jugé les hommes et les choses ? Je n'ai pas besoin de le dire : l'Empire et la Restauration se sont chargés de répondre pour moi par les dates de 1814 et de 1830.

» Je trouve extrêmement faibles les preuves qu'on a voulu tirer de l'état présent de la presse. Les reproches qu'on adresse en ce moment à certains écarts de la presse prouvent seulement qu'ils ont lieu sous le régime du cautionnement. » [1]

M. Dubois (de la Loire-Inférieure) :

« Pour moi, le cautionnement est un monopole, un monopole qui tend à constituer la presse d'une manière immorale : c'est depuis 1819 l'erreur de notre législation. Qu'est-ce en effet qu'un journal dans le temps où nous vivons, constitué comme vous le faites par vos cautionnements, et en vous reportant au système de la loi de 1819? Le voici : Autrefois un journal était à la vérité une association, mais chacun des membres répondait personnellement de ses écrits. Il était en face des hommes qu'il attaquait, il mettait son nom au bas de ses pages, en regard du nom auquel il se prenait; et alors il encourait une responsabilité véritable. Que constituez-vous aujourd'hui par votre cautionnement? Une raison sociale abstraite, une unité factice et mensongère, derrière laquelle se cachent toutes les diversités de caractère, de talent et de moralité. L'homme médiocre ou l'homme flétri qui écrivent une page sont couverts de l'homme de génie ou de vertu qui comme eux et à côté d'eux écrit inconnu.

» Sachez-le bien, un parti puissant et nombreux sera toujours assez riche pour établir un journal, à quelque prix que ce soit ; ce n'est pas deux cent mille francs de cautionnement qui l'arrêteront ; mais les diverses opinions du pays, celles qui ne sont pas assez fortes pour constituer un parti, mais qui par la publicité peuvent cependant neutraliser et à la longue même dissoudre les partis ; celles-là, vous les faites esclaves, vous les enchaînez malgré elles sous des drapeaux dont elles ne voudraient pas ; et ainsi enrôlé, groupé autour de la feuille qui blesse le moins ses opinions, mais qui ne les satisfait pas, soumis à une prédication incessante, sans discussion, sans examen possible, chaque lecteur tombe à la fin sous l'empire d'une puissance qu'il aurait combattue peut-être. D'un autre côté, les rédacteurs des

---

[1] 9 novembre 1830.

deux ou trois journaux dominateurs, comptant le nombre de leurs abonnés et voyant une grande partie du pays sous leur drapeau, arrivent aisément à se flatter qu'il n'y a aucune division de principes dans cette foule qui les suit malgré elle ; ils sont encouragés dans leurs erreurs par la faveur forcée, comme si c'était une faveur de conviction; les doctrines les plus fausses prennent de l'audace, parce qu'elles se croient la vérité sur le témoignage du grand nombre ; et le grand nombre à son tour se convertit à la foi du journaliste, souvent par le seul calcul du nombre des lecteurs qui le suivent. Ainsi, par une double et inévitable réaction, le monopole vicie à la fois l'opinion du journaliste par l'opinion des masses, et l'opinion des masses par l'opinion des journalistes.

» Et que devient le gouvernement en face de ces tribunes privilégiées? Quelle chance reste-t-il au pouvoir, je ne dis pas de s'éclairer, de connaître les véritables besoins du pays, mais même de lutter contre une puissance si formidable? Aucune sans doute; et bientôt entraîné par la nécessité, il n'a plus qu'une seule ressource, celle de se défendre par les mêmes armes avec lesquelles on l'attaque; il fonde et paye des journaux ; mais des journaux payés n'ont ni attrait ni force ; toujours quelque soupçon de servilité entache la vérité même ; la bassesse ne se charge que trop de légitimer le soupçon, et à cette lutte, sa seule espérance, le gouvernement perd encore sa considération. Voilà, pour lui, la conséquence du monopole des journaux. Heureux si, dans l'abandon où il tombe nécessairement, il n'en vient pas à regarder le silence et l'oppression comme la seule arme bonne et sûre! Rarement, nous l'avons vu, les gouvernements échappent à cette fatale conséquence, et nous savons ce que la société en souffre. » [1]

M. François de Corcelles :

« Il n'y a rien de pis que de persécuter un privilége. On ne doit à la presse ni la dictature ni le martyre.

» Que les feuilles quotidiennes soient délivrées du timbre et du cautionnement, il s'en établira bientôt de nouvelles qui ne pourront qu'exprimer plus sincèrement toutes nos divisions et toutes nos incertitudes. Ce n'est pas avec des incertitudes et de libres contradictions qu'on prépare des bouleversements. On peut en amener par le monopole et par la contrainte. Chaque parti n'obtiendrait que le degré d'importance ou d'autorité qui lui serait dû. La représentation de ses

---

[1] *Moniteur*, 29 août 1835.

doctrines deviendrait plus véridique, puisque le choix, aujourd'hui si restreint, des abonnements n'obligerait plus aucun lecteur à choisir un organe contraire à ses opinions.

» Sous le régime du timbre et du cautionnement, la presse est affligée de deux espèces de centralisations qui s'aggravent l'une par l'autre : la centralisation du lieu et celle des personnes. La capitale parle seule à la France, et dans la capitale, peu d'écrivains dirigent la discussion... Les journaux appartiennent au troupeau des abonnés, et les abonnés au monopole des journaux. Ici, la vie publique se concentre, s'isole et s'exalte jusqu'au délire ; ailleurs, elle se perd dans une profonde inertie. Comment la vérité du système représentatif sortirait-elle d'une si inégale et si fausse répartition de lumières? Telle est pourtant le fidèle tableau de la presse actuelle. Les lois qui la régissent ne sont propres qu'à nourrir des factions.

» Nous défions qu'on puisse citer un seul danger de la presse qui n'ait aujourd'hui pour cause principale le péché originel du monopole. »[1]

Si le cautionnement avait été contre les écarts de la presse une garantie aussi sérieuse que se l'imaginaient, en 1819, MM. de Serre, Guizot, Royer-Collard et Lally-Tollendal; en 1828, MM. Molé, Portalis et Siméon ; en 1830, M. de Broglie, rapporteur de la loi du 14 décembre sur la presse, évidemment la loi du 9 septembre 1835 n'eût pas été nécessaire, et le décret du 17 février 1852, au lieu de restaurer l'ancien régime de l'autorisation préalable, n'eût eu qu'à relever de 50,000 francs à 100,000 francs ou même à 200,000 francs le taux du cautionnement. La loi de 1835 et le décret de 1852 sont la condamnation par l'expérience de la restriction des cautionnements, justement qualifiée par Benjamin Constant de « mesure d'exception ».

Du jour où tout cens électoral a été aboli, tout cau-

---

[1] *De la suppression de l'impôt du timbre sur les journaux et réduction de leur cautionnement.* Août 1835.

tionnement sur les journaux aurait dû être également supprimé : car ce sont les deux branches du même mors, ainsi que cela résulte des déclarations qui précèdent de MM. de Chateaubriand, Royer-Collard, Guizot, Molé, Portalis et Siméon. Aussi le projet de Constitution du prince Louis-Napoléon, rédigé en 1832, portait-il : « Le cautionnement sur les feuilles périodiques est » aboli. » [1]

Le cautionnement sur les journaux existe en Allemagne, en Autriche, en Prusse et en Espagne ; mais il n'existe ni en Amérique, ni en Angleterre, ni en Belgique, ni en Hollande, ni en Italie.

Contraire à la diffusion et à la liberté de la presse, le cautionnement est favorable à sa centralisation et à sa féodalité.

Du timbre sur les journaux.

L'impôt du timbre a toujours été considéré par le législateur moins comme une taxe fiscale que comme une mesure restrictive. Si le Trésor ne peut renoncer au produit de cet impôt, qu'il le demande soit à l'augmentation du droit de poste, soit au revenu des annonces, séparément ou collectivement.

Actuellement le droit de timbre sur les journaux, pour le département de la Seine et pour celui de Seine-et-Oise, est de 6 centimes, et le droit de poste de 4 cen-

---

[1] *Œuvres de Louis-Napoléon*, tome II, page 56.

times, ensemble 10 centimes; la suppression du droit de timbre et l'élévation du droit de poste à 10 centimes auraient pour effet de décentraliser et de localiser la presse [1]. Les journaux des départements y gagneraient en tirage ce que les journaux de Paris y perdraient. Il y aurait à cela, monsieur le ministre, un avantage qui vous paraîtra peut-être mériter d'être pris en considération : cet avantage, ce serait d'offrir, dans les journaux des départements, dont l'importance et le nombre ne tarderaient pas à grandir, un asile à beaucoup de jeunes écrivains qui ne savent quel usage faire de l'instruction littéraire que leur a donnée l'Université.

---

[1] Au *National*.

« Londres, 7 août 1836.

» ... On se tromperait étrangement si l'on assimilait l'influence politique de Londres à celle de Paris. Londres ne donne jamais l'impulsion; il la reçoit, au contraire. La constitution de ce pays, féodale encore à tant d'égards, ne fait pas de la capitale un centre dont les rayons illuminent tous les points de la circonférence. Le gouvernement même n'intervenant que dans des cas très-rares, l'administration des comtés est toute locale, et chaque ville trouve en elle-même sa propre direction. De là l'importance relative des journaux de province, et les notables différences politiques qui les séparent de la presse de Londres. Au-dessus de tous ces cercles excentriques qui partagent le territoire, il y a un point culminant, qui est le Parlement, et le lieu où il siége se nomme la capitale. Elle est donc, comme vous voyez, le point central d'une circonférence plutôt que le sommet d'un angle ou le point d'intersection de plusieurs méridiens. La presse quotidienne de Londres pourrait s'appeler plutôt la presse parlementaire. C'est à ce titre seul qu'elle obtient plus de crédit dans le pays. Elle est, du reste, fort inférieure, sous plusieurs rapports, à la presse de la semaine et du dimanche. . . . .

» ARMAND MARRAST. »

En Angleterre, le timbre a été supprimé.[1]

En Belgique, point de timbre.

En Hollande, point de timbre.

En Suisse, point de timbre.

En Allemagne, généralement pas de timbre.

En Espagne, point de timbre.

En Italie, point de timbre.

En France, le décret du 17 février 1852, article 4, l'a fixé à 6 centimes par feuille de 72 centimètres carrés et au-dessous dans les départements de la Seine et de Seine-et-Oise, et à 3 centimes pour les journaux ou écrits périodiques publiés partout ailleurs.

Donc, le moins que puisse coûter un journal taxé à 6 centimes de timbre, auquel il faut ajouter 4 centimes de port, c'est 15 centimes par numéro ou 54 francs par an; or, 54 francs par an ne couvrant que les frais de timbre, de port, de papier et de tirage, un journal quotidien, publié à Paris, ayant annuellement au moins 250,000 francs de frais de rédaction, de composition et d'administration, soit 700 francs par jour, ne peut subsister que si le nombre de ses abonnés est assez considérable pour lui assurer un produit net de 250,000 francs d'annonces par an ou de 700 francs en moyenne par jour.

Aussi longtemps que le timbre existera en France, et à plus forte raison aussi longtemps qu'il sera de 6 cen-

[1] En Angleterre, il n'existe plus qu'un timbre d'affranchissement, et encore est-il facultatif. Ce timbre d'un penny placé sur un journal paye la poste, et non pas pour un seul trajet, mais pour tous les trajets opérés pendant un délai de circulation de quinze jours, à partir de la date du numéro paru.

times, il ne faut pas compter sur la diffusion de la presse par la multiplication du nombre des journaux. Ce sera toujours le vieux système qui prévaudra, celui auquel on impute la chute de la Restauration de 1815, de la Monarchie de 1830 et de la République de 1848, parce qu'il les a vues tomber successivement.

C'est donc avec raison que M. François de Corcelles publiait en 1835 ces lignes, dont la justesse a été démontrée par les faits :

« On rejette le libre concours des journaux parce qu'on n'en a pas fait l'expérience, et l'on va tenter un essai infiniment plus périlleux. »

Conseillant d'abolir le timbre, je proposerais, comme cela a lieu maintenant en Angleterre, d'assujettir au timbre-poste de 10 centimes tous les journaux qui circuleraient par la voie de la poste. Ils ne seraient certes pas fondés à se plaindre, puisque, nonobstant leur poids, ils seraient assimilés pour la taxe aux lettres simples de 10 grammes.

Cette combinaison de la suppression du droit de timbre et de l'augmentation du droit de poste aurait pour conséquences :

Premièrement, de localiser les journaux, ce qui serait les décentraliser ;

Deuxièmement, d'en multiplier le nombre, ce qui est le but qu'on devrait poursuivre ;

Troisièmement, en multipliant de la sorte, sinon le nombre des journaux ayant une existence assurée, du moins le nombre des tentatives de fondation de journaux, d'ouvrir de nouveaux débouchés aux jeunes écrivains doués de talent et d'initiative ; de leur faciliter les moyens de se produire, de se faire connaître, de se faire distinguer et apprécier ;

Quatrièmement et enfin, de tendre, dans la presse, à substituer les personnalités en relief aux partis en déclin et les idées qui se dégagent aux souvenirs qui persistent.

Supprimant le timbre appliqué aux journaux, j'effacerais ainsi de la loi cette inégalité inqualifiable qui est une iniquité flagrante, laquelle consiste à soumettre un journal à payer double droit, — 6 centimes de timbre au lieu de 3 centimes, — uniquement parce qu'il est publié dans la circonscription des départements de la Seine et de Seine-et-Oise. Ce n'est jamais impunément que le législateur met une difformité dans une loi. Pourquoi avoir ainsi faussé notre grand principe de l'égalité de tous les Français devant la loi?

De la décentralisation de la presse.

L'expérience enseigne qu'il n'y a qu'un moyen de décentraliser la presse, c'est d'abattre ces quatre restrictions :

Les priviléges d'imprimeur,
L'autorisation préalable,
Le cautionnement,
Le timbre.

Moins il y a de journaux et plus on a le désir de les lire ; plus il y a de journaux et moins ce désir est vif.

Ce qu'un gouvernement éclairé devrait craindre, ce ne serait donc pas qu'il y eût trop de journaux, mais au contraire qu'il n'y en eût pas assez.

Cette opinion ne m'appartient pas exclusivement ; elle

m'appartient en commun avec les orateurs et les publicistes dont je me bornerai à citer ici quelques paroles :

M. de Lamartine :

« L'oppression que le journalisme exerce sur l'esprit public tient à son monopole et non pas à sa liberté.

» Si j'avais une loi à faire sur la presse, elle serait d'un mot : je supprimerais le timbre et j'enlèverais ainsi le monopole aux journaux.

« Ni timbre ni cautionnement, point de monopole ! Il n'appartient qu'à la patience de vaincre la presse... Oui, en fait de presse, la victoire est au plus patient. » [1]

M. de Sainte-Aulaire :

« Les obstacles qu'on apporterait à l'établissement de nouveaux journaux seraient contraires aux intérêts du pouvoir. L'intérêt de parti y gagnerait, car moins il y aura de journaux, plus ils se renforceront en fondant dans une seule un plus grand nombre de nuances. » [2]

M. Hippolyte Passy :

« Ce qui affaiblit les passions, dont l'existence cause tant de mal au pays, c'est la division qui se manifeste dans leur sein et dans les journaux qui en sont les organes. En Angleterre, on travaille depuis quatre ans à détruire cette influence des grands journaux, et jusqu'ici on n'a vu d'autre remède que de les laisser se multiplier. » [3]

M. Dubois (de la Loire-Inférieure) :

« La presse, en se divisant, en se multipliant sur tous les points du territoire, même en y portant ses excès, tend à se rapprocher de son véritable état normal ; et cet état, messieurs, c'est la dissémination, la division à l'infini de toutes les opinions et leur libre expression, afin qu'au milieu de toutes ces opinions, les véritables pouvoirs sociaux, ceux que seuls je veux, du moins pour mon compte, nommer ainsi, les pouvoirs réguliers et constitutionnels s'instruisent, se forti-

---

1 *Presse*, 19 mai 1839.

2 *Moniteur*, 1828, page 803.

3 *Moniteur*, 29 août 1835.

fient et grandissent de l'unité de son action et de tous ses rouages, afin que chaque citoyen de son côté, en présence de toutes les contradictions, fasse appel à sa propre raison, et, déconcerté dans sa foi à la presse par les mille récits de faits et les mille propositions dont il est assailli, juge la presse elle-même et ne la suive plus comme un disciple aveugle. »[1]

M. de Chauvelin :

« Il n'y a qu'un remède réel et certain contre les dangers qu'on peut redouter des journaux : ce remède, c'est leur multiplication. »[2]

M. le duc de Broglie :

« Rien n'est si funeste que le petit nombre des journaux ; rien n'accroît plus, au détriment de l'ordre public, la puissance dont les journaux disposent ; rien n'est plus propre à exciter, à animer, à raviver les passions populaires ; à empêcher le bon sens et la modération de faire justice des exagérations de tout genre. Ce qui est désirable, au contraire, c'est que tout système politique se résolve dans la nuance d'opinion dont il se compose ; que toute nuance d'opinion un peu marquée ait son organe ; que ces organes diffèrent, s'attaquent et se réfutent sans cesse ; qu'aucun journal ne parle tout seul et ne soit à lui tout seul une puissance ; c'est enfin que l'instinct public, constamment frappé en sens divers, entendant toujours et l'assertion et la réponse, puisse se faire jour sans trop d'obstacle et parvenir peu à peu à la vérité. »[3]

M. Alexis de Tocqueville :

« Aux États-Unis, il n'y a pas de brevets pour les imprimeurs ni de timbre pour les journaux, enfin la règle des cautionnements est inconnue. La création des journaux est une entreprise simple et facile ; peu d'abonnés suffisent pour que le journal couvre ses frais ; aussi le nombre des écrits périodiques aux Etats-Unis dépasse-t-il toute croyance. Les Américains les plus éclairés attribuent à cette incroyable dissémination des forces de la presse son peu de puissance. C'est un axiome de la science politique aux Etats-Unis, que le seul moyen de neutraliser les effets des journaux est d'en multiplier le

---

[1] *Moniteur*, 29 août 1835.
[2] *Moniteur*, 1819, page 559.
[3] *Moniteur*, 4 décembre 1830.

nombre. Je ne saurais me figurer qu'une vérité aussi évidente ne soit pas devenue chez nous plus vulgaire. Que ceux qui veulent faire des révolutions à l'aide de la presse cherchent à ne lui donner que quelques organes puissants, je le comprends sans peine ; mais que les partisans officiels de l'ordre établi et les soutiens naturels des lois existantes croient atténuer l'action de la presse en la concentrant, voilà ce que je ne saurais concevoir. Les gouvernements d'Europe me semblent agir vis-à-vis de la presse de la même façon qu'agissaient jadis les chevaliers envers leurs adversaires : ils ont remarqué par leur propre usage que la centralisation était une arme puissante, et ils veulent en pourvoir leur ennemi, afin sans doute d'avoir plus de gloire à lui résister. »[1]

Décentraliser la presse, la localiser, l'individualiser : voilà ce qu'exige l'expérience, d'accord avec des hommes dont on ne saurait récuser l'autorité. D'où vient que ce oit toujours l'opinion contraire qui l'ait emporté ?

---

[1] *De la démocratie en Amérique*, tome Ier, page 22.

§ IV. DE CERTAINES DISPOSITIONS SPECIALES.

Faiblesse des lois contre la force des choses.

Je range sous ce titre les dispositions suivantes :

L'institution des gérants responsables,

L'obligation de la signature des articles.

Le droit de réponse,

Les *communiqués*.

Des gérants responsables.

Les gérants responsables, tenus d'être propriétaires d'une part au moins dans l'entreprise du journal et de posséder en leur propre et privé nom un quart au moins du cautionnement, ont été inventés par la loi du 18 juillet 1828, qui fondait sur cette invention les plus grandes espérances. A entendre les auteurs et les défenseurs de la loi de 1828, la combinaison des gérants responsables, telle qu'elle avait été ourdie, serait une digue insubmersible aux débordements de la presse. Non-seulement il n'en a pas été ainsi, non-seulement cette invention, comme toutes les prétendues inventions se proposant le même but, a trahi l'espoir que ses inventeurs et ses partisans avaient fondé sur elle, mais ce remède. pire que le mal, a donné naissance à des abus qui ont été signalés en ces termes à la Chambre des députés, le 29 août 1835, par M. Dubois (de la Loire-Inférieure).

dans la vive discussion que provoquèrent les lois de septembre, présentées par MM. de Broglie, Guizot et Thiers, et soutenues par M. Sauzet, rapporteur, assisté de M. de Salvandy, membre de la commission :

« Voyez ces cinq ou six usines (car vous ne fondez pas autre chose) où se forment, pour quelques hommes d'une conviction sincère et profonde, cette foule de secrétaires volants de toutes les pensées ; voyez-les, selon le besoin, le salaire ou la gloire d'une association plus célèbre, passant d'un journal à l'autre, apportant ici des prédications monarchiques, après avoir hier vanté la république ; prêtres de religion le matin, et le soir roués de ruelles et de coulisses dans le journal de théâtre, après le sermon de la feuille apostolique. Voilà la population que vous recrutez !

» Le gérant, en effet, cache tous ces vices de la presse.

» Je suis sorti de son sein ; c'est à elle que je dois l'honneur de siéger dans cette enceinte, et j'ai le courage de montrer où est le mal. Eh bien ! le mal, vous l'avez fait déjà par votre législation, et vous le continuez, vous le consacrez aujourd'hui. Vous dites que la presse est une magistrature sociale, un quatrième pouvoir. Non, messieurs ; pour moi je ne reconnais de pouvoir que les institutions, que les magistratures de mon pays. La presse, à mes yeux, n'est que l'interprète d'un droit personnel, un droit de censure et de critique exercé à ses risques et périls ; la publicité enfin, libre, entière, sans entraves, sans privilége, mais réellement et individuellement responsable. Ainsi je l'ai toujours considérée, ainsi je l'ai pratiquée. Messieurs, permettez-moi de m'en féliciter devant vous.

» Le mal est dans le vice profond que je signalais tout à l'heure, dans cette association, dans cette raison sociale, dans cette signature d'UN homme qui a à sa disposition des hommes qu'il fait écrire à volonté, qui changent à chaque instant, et échappent à toute responsabilité. Voilà la source de la corruption de la presse ! Il faudrait bien plutôt tendre à rapprocher de plus en plus la presse de la parole, à lui rendre ce caractère d'individualité qui est seul dans la vérité, dans les lois du devoir et de la conscience ; car enfin, nous tous, ministres, députés, fonctionnaires, simples citoyens, nous sommes à jour dans tous les actes de notre vie publique, et trop souvent jusque dans les mystères de notre vie privée : tandis que le rédacteur de journal, espèce d'inquisiteur masqué, décerne en paix la gloire ou l'infamie, dégagé qu'il est de toute responsabilité, parce qu'après tout la pénalité ne l'atteint jamais ; et voilà l'immoralité que vous semez par vos gérances d'argent ! voilà votre magistrature sociale ! voilà le sacerdoce que vous instituez ! voilà les prêtres que vous lui préparez ! »

En effet, à quoi a servi cette fameuse institution des gérants responsables, sinon à créer au sein des journaux une complication et un simulacre? La responsabilité légale d'un gérant a-t-elle jamais été un obstacle sérieux à l'émission d'une opinion, quelle qu'elle fût? A-t-elle empêché de publier des journaux républicains sous la monarchie et des journaux monarchistes sous la république? Un journal a-t-il jamais été empêché de se fonder ou a-t-il jamais cessé de paraître faute de trouver un gérant responsable? Ce qu'un gouvernement a de mieux à faire, c'est de rester complétement étranger et absolument indifférent à la constitution, à l'administration et à la rédaction des journaux. Qu'il ne s'en occupe à aucun titre! Qu'il les laisse se constituer comme il leur plaît et écrire ce qu'ils pensent!

Présentement, dans la plupart des journaux, il y a un ou deux gérants responsables, quelquefois même un directeur gérant, un rédacteur en chef agréé par le ministre de l'intérieur, et de plus un directeur politique plus ou moins transparent.

Où il y a un rédacteur en chef, à quoi sert le directeur politique?

Finalement, sur qui retombe à la fois justement et légalement la responsabilité? Est-ce sur le directeur politique? Est-ce sur le rédacteur en chef? Est-ce sur le gérant responsable, qui, en résumé, est le censeur en chef? Simples questions, que je pose uniquement pour montrer à quelles complications donne lieu la presse érigée en fief et en monopole. Que devrait être un journal? Un journal devrait être l'œuvre et l'opinion d'un homme, assisté par des collaborateurs spéciaux et des correspondants exacts. Rien de plus. Ce n'est qu'à cette condition qu'il est possible de faire dans un journal l'unité, sans prétention à l'infaillibilité et sans atteinte à la liberté. Toutes les complications de gérants responsables, de directeur gérant, de rédacteur en chef et de directeur politique sont autant de remparts qui ne servent qu'à fortifier la féodalité de la presse.

Est-ce donc là ce qu'on veut?

De la signature obligatoire des articles.

La signature obligatoire des articles date de la loi de l'an IV.

La désuétude est l'abrogation indirecte des dispositions législatives condamnées par l'expérience.

Ignorant ou oubliant que cette prescription avait existé et était tombée en désuétude ; croyant y trouver le remède à l'erreur, à la tyrannie, à l'hypocrisie des gérants responsables contre lesquels il venait de protester énergiquement à la tribune de la Chambre des députés, dans la séance du 29 août 1835 et dans la discussion des lois de septembre, l'honorable M. Dubois (de la Loire-Inférieure) émit en ces termes le vœu que l'auteur de chaque article fût tenu de le signer :

« Je voudrais la signature de chaque rédacteur ; je voudrais que derrière le gérant, responsable des faits généraux, des nouvelles, il y eût la responsabilité personnelle de chaque écrivain chargé de la polémique ; alors vous verriez redescendre dans la presse, avec les véritables talents, la sincérité, les convenances, le respect.

» Je me borne à vous exposer mes vues ; faites ensuite ce que vous jugerez convenable ; mais je ne formulerai pas d'amendement, parce qu'à cette condition il en faudrait joindre d'autres ; il faudrait ouvrir à tous une voie facile pour l'expression de leur pensée, au lieu de fermer le chemin ; il faudrait ne pas établir le monopole en faveur de certaines convictions, de certaines passions ; ne pas écraser toutes les consciences isolées, sincères, désintéressées, sous l'unité terrible des partis.

» Dans les départements, on connaît les hommes qui font les journaux ; il n'y a point, comme à Paris, de se cacher derrière un voile, et les hommes sont pesés, appréciés ce qu'ils valent, eux et leurs pages. C'était là la grande source de moralité, messieurs, pour la presse comme pour les citoyens ; et plus la presse se divisera, plus l'indépendance personnelle de chaque membre de la cité, plus l'indépendance des pouvoirs grandira ; plus, par conséquent, il faut s'éloigner de nos systèmes d'entraves, de restrictions, de monopole financier, de haut prix de timbre et de poste ; entraves, du reste, toujours impuissantes et toujours déjouées.

» Voilà, messieurs, toutes mes convictions sur la presse, voilà l'avenir que je voudrais lui ouvrir. Votre projet de loi le lui ferme, et je le repousse de toutes les forces de mes convictions et de mes espérances. »

Cette proposition, qui restera pour prouver jusqu'à quel point peuvent s'abuser les esprits les plus judicieux et les plus fermes lorsqu'il s'agit de réglementer l'usage de la presse, cette proposition fut écartée par les motifs suivants que donna M. de Salvandy, l'un des membres de la commission chargée de l'examen du projet de loi alors en discussion :

« Si nous avions cru devoir exiger que quiconque écrit signât, si nous avions cru qu'on pût ainsi remonter à celui qui a commis la faute, nous aurions admis le système du préopinant... Nous avons reconnu que l'exécution n'était pas possible, qu'après les *gérants de paille* viendraient les *écrivains de paille*, après un mensonge un autre mensonge, et qu'ainsi la loi se trouverait sans efficacité. »

M. de Salvandy avait raison contre M. Dubois (de la Loire-Inférieure) proposant d'ériger en obligation légale la signature des articles ; mais M. Dubois (de la Loire-Inférieure) n'avait pas moins raison contre M. de Salvandy s'imaginant que l'élévation du cautionnement, l'aggravation de la pénalité et la substitution de la juridiction de la cour des pairs à la compétence du jury seraient des garanties efficaces. L'expérience de 1835 à 1848 a montré ce que valaient ces prétendues garanties. A quoi sert l'expérience, cette lanterne sourde où la lumière se consume sans éclairer? Elle n'empêche de retomber ni dans l'ornière des mêmes fautes, ni dans le gouffre des mêmes illusions.

L'illusion à laquelle s'était laissé entraîner M. Dubois (de la Loire-Inférieure), dans la discussion de la loi du 9 septembre 1835, entraîna à son tour M. de Tinguy dans la discussion de la loi du 16 juillet 1850. Quoique j'eusse exposé, en 1842, toutes les difficultés que la signature obligatoire des articles rencontrerait dans l'exécution [1], je me laissai moi-même gagner par l'entraînement et j'appuyai chaudement à la tribune de l'Assemblée législative et dans la *Presse* la proposition de mon collègue M. de Tinguy. L'arbre est de nouveau jugé par ses fruits. La prescription de la loi du 16 juillet 1850, maintenue dans le décret organique du 17 février 1852, a décidément plus d'inconvénients que d'avantages; c'est une école de faux et un nid à contraventions. Le *Moniteur universel, journal officiel de l'Empire français*, viole publiquement et impunément tous les jours la prescription de la signature dans son article quotidien intitulé : BULLETIN, ce qui est le mépris de la loi enseigné par le gouvernement. Il y a à la tête d'un journal qu'il serait superflu que je nommasse un éminent écri-

[1] Voir pages 163 et 164 des *Droits de la Pensée*, par Émile de Girardin, in-8°. 1864.

vain qui signe de son style transparent tous ses articles et n'en signe aucun de son nom. Au lieu d'aboutir à la *presse régénérée*, la loi n'a abouti qu'à la *presse travestie* et qu'aux « *écrivains de paille* », selon l'expression de M. de Salvandy. Voilà à quoi servent toutes les dispositions, même celles passant relativement pour les meilleures, lorsqu'elles sont appliquées à une matière dont l'essence est d'échapper à toutes les réglementations! Il n'est pas bon qu'une loi soit ainsi convaincue d'impuissance tous les jours et à tous les yeux. Le mieux serait donc de s'en tenir à la signature facultative des articles et de renoncer définitivement à la signature obligatoire, dégénérée en signature illusoire.

Du droit de réponse.

Le droit de réponse, dont j'ai été l'un des plus ardents et des plus persévérants défenseurs, remonte à l'an VII, époque à laquelle il fut proposé en ces termes par Dulaure, député du Puy-de-Dôme au conseil des Cinq-Cents, dans la séance du 6 prairial :

> « Tous propriétaires ou rédacteurs de journaux ou d'ouvrages périodiques qui y auraient inséré un article attentatoire à la réputation d'un citoyen seront tenus d'y insérer la réponse à cet article, dans les cinq jours qui suivront la réception de ladite réponse, sous peine de voir leurs journaux ou ouvrages périodiques supprimés, et d'être en outre condamnés aux frais d'impression, de timbre et de poste de trois mille exemplaires de ladite réponse. »

Eh bien! j'ai reconnu par l'expérience que même le droit de réponse, si légitime qu'il paraisse, était dans la pratique un droit illusoire et plus souvent nuisible qu'utile à celui qui l'exerce.

Une personne a ou croit avoir à se plaindre d'un journal qui l'a nommée ; aux termes de l'article 11 de la loi du 25 mars 1822 et de l'article 17 de la loi du 9 septembre 1835, elle adresse à ce journal une lettre dont elle exige l'insertion par exploit d'huissier ; l'insertion a lieu. En fin de compte, qu'y gagne le plaignant? Je le demande à tous ceux qui ont usé du droit de réponse. Est-ce que le journaliste n'a pas toujours le dernier mot? Est-ce que l'habitude de tenir la plume dans un journal ne lui donne pas sur le plaignant une supériorité comparable à celle du maître d'armes sur le tireur peu exercé au maniement du fleuret? Il n'y a qu'une manière efficace de faire justice d'une allégation hasardée ou d'une fausse imputation, c'est de n'y pas prendre garde [1], c'est de ne pas commettre l'irréparable faute de la contredire, c'est de la laisser tomber le plus rapidement possible dans le gouffre de l'oubli toujours ouvert. Ce qui est vrai pour les gouvernements est tout aussi vrai pour les particuliers. Le dédain, l'oubli, voilà, en matière de presse, les deux grandes lois sur lesquelles on ne compte pas assez ! Contredire une allégation, c'est faire ce qu'on fait lorsqu'on prend un marteau et qu'on frappe un clou sur la

---

1 C'était le sentiment du comte Charles de Lameth, lorsqu'il s'exprimait ainsi sur les bancs de l'Assemblée constituante :

« Si tous ceux contre lesquels il s'est publié des libelles voulaient se plaindre, nous consumerions pour nos affaires personnelles le temps que nous devons aux affaires générales. Rapportons-nous-en au bon sens public. »

tête. Que fait-on? on l'enfonce. — Cela est fâcheux, cela est regrettable, mais cela est ainsi : plus on s'attache à démentir l'assertion d'un journal et plus on grave profondément cette énonciation dans la mémoire des lecteurs, qui ne s'en fussent pas souvenus sans cet acharnement toujours suspect. L'observation et l'expérience m'ont appris que si l'énonciation est complétement fausse, il ne faut pas lui faire l'honneur de protester contre elle; et que si elle n'est fausse qu'à demi, il faut bien se garder de commettre l'imprudence de la relever, parce que, si peu qu'il y ait de vrai, ce peu suffira pour se changer en un poids accablant. C'est la calomnie qui fait douter de la médisance. Celle-ci sans celle-là serait toute-puissante. Il ne faut pas médire de la calomnie : elle sert plus souvent qu'elle ne nuit. La calomnie n'agit que par la vraisemblance. Quel mal peut faire une calomnie invraisemblable? Toujours une calomnie vraisemblable est un avertissement salutaire. Ce qu'il faut redouter dans la presse, ce n'est pas la calomnie : c'est le lieu commun, qui est au sens commun ce que l'hypocrisie est à la vertu. Le lieu commun est un ennemi mortel qu'on réchauffe dans son esprit. Quoiqu'il soit exposé à être traité de paradoxe, c'est un précepte rigoureusement vrai, qu'on ne saurait trop se défier de ce que l'on a nommé : LE DROIT DE RÉPONSE.

Ce droit, d'ailleurs, n'est pas un droit, car il ne dérive pas de la nature des choses ; c'est un droit factice et exceptionnel. Un causeur vous blesse en racontant sur vous une particularité fausse ou inexacte ; pour contredire ou rectifier cette particularité, vous vous servez de votre bouche et n'empruntez pas celle du causeur. Un historien, si vous appartenez à l'histoire, vous juge autrement qu'il ne vous eût convenu d'être jugé ; lorsque le livre a paru, qu'il a été publié et qu'il est dans toutes les mains, que pouvez-vous faire contre le livre? Obtinssiez-vous un arrêt qui condamnât l'historien à remplacer par ce qu'en imprimerie on appelle un *carton* le passage incriminé de son livre, qu'il vous faudrait encore attendre qu'il en fût publié une édition nouvelle, laquelle peut n'avoir jamais lieu. Pourquoi établir entre le journal et le livre une différence et une inégalité que rien ne justifie, car si le journal est présumé se tirer à plus grand nombre que le livre, le livre est présumé devoir survivre au journal? N'existant pas, ne pouvant exister pour les livres, le droit de réponse ne doit pas exister pour les journaux. Il y a plus d'avantage à le rayer de la loi qu'à l'y maintenir. Si vous prenez la peine d'y réfléchir, monsieur le ministre, vous serez certainement de cet avis.

En 1845 j'écrivais : « Rien de plus contradictoire entre eux que les divers considérants sur lesquels s'appuient les jugements et les arrêts rendus en matière de droit de réponse : les uns l'étendent outre mesure, les autres le circonscrivent de telle sorte qu'ils le rendent illusoire. On ne sait à quoi s'en tenir des deux parts, ni pour insister ni pour refuser. Trop restreint, le droit de légitime réponse donne à la tyrannie du journalisme tout ce qu'il enlève à la liberté de la presse ; trop étendu, il donne accès à la personnalité, à l'injure et à l'annonce indirecte ». En 1864, plus éclairé encore par vingt années d'expérience ajoutée à l'expérience que j'avais déjà acquise, je vois plus clairement ces deux choses : premièrement, difficulté de tracer une limite au droit de réponse ; deuxièmement, effet manqué par la réponse, lorsqu'elle arrive tardivement ; — et après jugement elle arrive toujours ainsi.

Des communiqués.

Les *communiqués* sont une des formes du droit de réponse. Les *communiqués* ont pour fondement l'erreur commune qui consiste à croire que le lecteur se souvient le lendemain de ce qu'il a lu la veille dans son journal, et que ce qu'il y a lu il le considère comme vrai. Le lecteur est généralement plus insouciant et moins crédule qu'on ne le suppose. L'inconvénient des *communiqués*, c'est d'imprimer par leur absence le sceau de la vérité et de l'exactitude à tous les faits que l'administration n'a pas contredits ou rectifiés dans cette forme à son usage. Un *communiqué* est toujours de la part du fonctionnaire qui l'inflige une justification de sa conduite. Mon avis est qu'un gouvernement a tout à gagner à ne se justifier jamais que par ses actes. Ce qu'un gouvernement a de mieux à faire, c'est de bien gouverner et de laisser dire. Ses œuvres appartiennent à la critique au même titre que les œuvres de tous. Est-ce qu'un grand artiste perd son temps à redresser les critiques? Est-ce qu'on voit jamais des *communiqués* s'étaler dans les journaux anglais, dans les journaux belges, dans les journaux suisses, dans les journaux américains ? Tout *communiqué* est toujours un amoindrissement du pouvoir, en ce qu'il trahit de sa part une préoccupation qui le rapetisse.

§ V. DE L'ABROGATION DES LOIS SUR LA PRESSE.

Les vrais termes de la question.

Ainsi, dans cette matière spéciale qui se nomme la « liberté de la presse », même celles des dispositions spéciales qui paraissaient les meilleures ne valent rien. Voilà, monsieur le ministre, la conclusion définitive à laquelle je suis arrivé après trente années de tâtonnements nombreux, d'essais comparés et d'études opiniâtres. Si, prenant en considération la persistance de ces études, vous faisiez au livre que précède cette lettre l'honneur de le parcourir, vous verriez que, par la pensée, j'ai à peu près épuisé, dans le triple cercle restrictif, répressif et fiscal, toutes les combinaisons législatives. En novembre 1830, je proposais de substituer à la garantie du cautionnement la garantie du cens et de l'âge prescrits, à cette époque, pour l'éligibilité. En août 1835, lors de la présentation et en concurrence des lois de septembre, je renouvelais cette proposition en la développant. Je suppose qu'elle ait été adoptée : que fût-elle devenue avec le suffrage universel, l'abolition du cens et l'abaissement de l'âge de trente à vingt et un ans? A plusieurs reprises, j'ai insisté sur la suppression du timbre combinée avec l'augmentation du droit de poste, toujours dans l'intérêt public de la liberté de la presse, jamais dans l'intérêt privé du journalisme, à qui, dans aucune circonstance, je n'ai hésité à dire les vérités les plus dures, même au temps où je partageais sur les journaux l'erreur commune, où je croyais à leur puissance. Je ne suis pas, je n'ai jamais été journaliste, en ce sens que je n'ai jamais partagé l'opinion exagérée que les journalistes ont généralement d'eux-mêmes : la critique les pervertit et les aveugle presque tous. A force de se montrer intolérants, ils finissent par se croire infaillibles.

Réfutez-vous les uns les autres! Appliquée aux journaux, voilà la loi, toute la loi qui a compté tant de prophètes infidèles à la foi qu'ils ont abjurée dès qu'ils ont été ministres, depuis M. de Broglie, le promoteur des lois de septembre 1835, jusqu'à M. Odilon Barrot, l'auteur de la loi présentée le 25 juin 1849, et renfermant dans son exposé des motifs le passage suivant :

« Lorsque la loi soumet les feuilles périodiques à des mesures de surveillance, il est inconséquent de ne pas soumettre aux mêmes mesures des publications plus dangereuses peut-être par cela seul qu'elles ne sont pas périodiques. »

J'ai cessé de croire à la puissance des journaux, mais je n'ai pas cessé de croire à leur intolérance. Le moyen de la combattre ne varie pas : il consiste à multiplier les dissidences et les rivalités en multipliant les journaux, à mettre les journalistes aux prises entre eux et à convertir ainsi la critique convergente en critique divergente et confuse. Hormis celui-là, tous les autres moyens ont été employés et ils ont tous échoué. N'est-ce pas une raison péremptoire pour essayer de faire autrement? L'épreuve en étant faite en temps calme par un gouvernement fort, quel pourrait être le danger de cette épreuve? En droit et pour tous, la liberté de la presse n'existe pas en France; mais en fait et pour quelques-uns, elle existe dans la proportion exprimée par ces chiffres : comme 95 est à 100. Que manque-t-il donc pour que la liberté de la presse en France soit égale à la liberté de la presse en Angleterre, en Allemagne, en Belgique, en Italie, en Suisse? Il manque 5 sur 100; mais il suffit que ces 5 manquent aux 100 pour qu'en France la presse soit fondée à dire, tous les jours, sous toutes les formes et sur tous les tons, qu'elle n'est pas libre.

Et, en effet, la tolérance n'est pas la liberté. C'était aussi l'avis de Mirabeau disant :

« L'existence de l'autorité qui a le pouvoir de tolérer attente à la liberté, par cela même qu'elle tolère et qu'ainsi elle pourrait ne pas tolérer. »

Si le gouvernement donnait spontanément à la liberté de la presse ces 5 sur 100, alors les journaux, pour se justifier de rester trop souvent au-dessous de leur tâche, ne pourraient plus se plaindre que la liberté leur manque; et s'ils en abusaient, ce seraient eux qui auraient à redouter les sévérités de l'opinion. Le gouvernement ne cachant rien dont il ait à craindre la divulgation par la presse libre, pourquoi paraît-il trembler devant elle comme un coupable? Après douze ans de pouvoir dictatorial incontesté, l'ordre serait-il donc encore si mal affermi et la société si chancelante que la liberté de discussion pût régner partout en Europe, excepté en France? N'y a-t-il pas là pour la France intellectuelle une de ces situations humiliées et humiliantes qu'on ne supporte qu'en rongeant son frein, et dont il est facile à comprendre qu'on souffre dans son juste orgueil? Si ce n'est qu'une transition, comment finira cette transition? Poury mettre un terme, existera-t-il jamais un moment plus propice que la pleine maturité d'un règne glorieux? Laisser passer ce moment sans en profiter, ne serait-ce pas une inexcusable imprudence? Ne serait-ce pas s'exposer à voir encore une fois apparaître ces mots flamboyants : TROP TARD!

Ce qu'il y aurait à ne pas faire est simple.

Peu de mots suffisent pour l'indiquer :

Ne plus infliger à la presse ni avertissements, ni suspensions, ni suppressions;

Ne pas verser dans l'ornière des saisies, des poursuites et des condamnations judiciaires avec ou sans jury, ornière creusée de 1815 à 1830 par la royauté de la branche aînée, et de 1830 à 1848 par la royauté de la branche cadette;

Ne pas continuer de traiter les journalistes en ennemis, ce qui les autorise à agir comme tels par tous les moyens qu'ils peuvent employer plus ou moins impunément.

Le contraire ne serait-il pas à la fois moins usé et plus habile?

Le contraire consisterait, de la part du gouvernement, à associer étroitement les journalistes à sa fortune, à faire que non-seulement ils ne souhaitassent pas un autre gouvernement, mais qu'ils craignissent de perdre celui sous lequel ils auraient recouvré toute la liberté, celui sous lequel ils n'auraient désormais aucune crainte de la perdre, celui sous lequel ils auraient été exemptés de toutes les charges fiscales et de toutes les chaînes pénales qui pesaient sur eux. En Angleterre, qu'auraient à gagner les journalistes au renversement du gouvernement actuel? Rien. En Belgique, qu'auraient à gagner les journalistes au départ du roi Léopold? Rien. En Italie, qu'auraient à gagner les journalistes au retour de l'ancien roi de Naples, du grand-duc de Toscane, du duc de Modène et de l'occupation autrichienne? Rien. Aussi ces trois gouvernements ne craignent-ils rien des journaux entièrement libres. En France, qu'auraient à gagner les journalistes au retour de la dynastie de 1830 ou de la république de 1848? Tout ou presque tout. Ils auraient à y gagner de recouvrer la liberté qui leur a été enlevée en 1852. — Ne pas confondre les journalistes avec les propriétaires de journaux.

Poser la question en ces termes, monsieur le ministre, n'est-ce pas déchirer le voile qui empêchait de la voir distinctement?

De deux choses l'une : ou les journalistes ont la redoutable puissance qu'on leur suppose et qu'ils se croient, — ou ils n'ont pas cette puissance.

S'ils l'ont, n'est-ce pas commettre une grosse faute que de se faire d'eux des ennemis mortels?

S'ils ne l'ont point, n'est-ce pas se déconsidérer devant l'histoire que de s'armer de rigueurs contre des fantômes?

Supposez qu'en 1851, après le coup d'Etat, le président, qui avait prêté serment à la république, troublé et timoré, n'eût pas osé affronter l'épreuve du suffrage universel et demander l'approbation de sa conduite au peuple français : quelle eût été devant la France, devant l'Europe, devant l'histoire, devant lui-même la position de l'élu du 10 décembre 1848, dont les pouvoirs expiraient en mai 1852? Ce défaut de sanction n'eût-il pas été un arrêt de condamnation? Où le prince Louis-Napoléon, devenu l'empereur Napoléon III, a-t-il puisé sa force contre les partis, si ce n'est dans la confiance qu'il a témoignée au suffrage universel? Et si cette force n'est pas entière, à quoi cela tient-il, sinon à ce que l'empereur Napoléon III n'a pas eu dans les autres libertés politiques autant de confiance qu'il en avait eu dans le suffrage universel? Il ne faut jamais rien faire à demi. Benjamin Constant avait raison, les événements l'ont prouvé, lorsqu'il disait en 1828 :

« Veut-on ravir aux hommes leurs droits? Il ne faut rien faire à demi. Ce qu'on leur laisse leur sert à reconquérir ce qu'on leur enlève. La main qui reste libre dégage l'autre de ses fers. »

Avant que Benjamin Constant s'exprimât ainsi, Mirabeau avait dit avec non moins de raison :

« Tout peut se pardonner, excepté l'inconséquence. »

Or quelle inconséquence plus grande que le suffrage universel, que l'entière liberté du vote, sans la liberté de la presse et sans la liberté de réunion? Le gouvernement doit s'y attendre : le suffrage universel, reconnaissant de plus en plus que la liberté de la presse et que la liberté de réunion lui sont aussi nécessaires que les deux yeux à l'électeur pour y voir; le suffrage universel n'aura pas de cesse qu'il n'ait réussi à se rendre la vue. Et pour y réussir, qu'aura-t-il à faire? Il lui suffira de choisir parmi les candidats ceux dont les noms signifieront : Liberté de la presse, liberté de réunion; il les choisira fatalement, c'est-à-dire logiquement. A cet égard la certitude étant entière, ne vaudrait-il pas mieux aller au-devant d'elle et faire spontanément ce qui aura lieu forcément si l'on tarde? La liberté différée, c'est la révolution expectante. Quelles que soient les précautions qu'on ait pu prendre pour réprimer une révolution, on n'est jamais sûr de les avoir prises toutes. Le plus sage est donc de la prévenir en lui ôtant toute cause légitime d'éclater. Il n'y a rien à risquer et il y a tout à gagner à donner à une nation telle que la France la liberté qui lui appartient. Si peu qu'il lui en manque, elle dira toujours. *Ce n'est pas assez !* Mais dès qu'elle l'aura tout entière, elle ne tardera pas à s'écrier : *C'est trop !* Ne vaut-il pas mieux qu'elle dise : *C'est trop !* que de dire : *Ce n'est pas assez !* — Dans le premier cas, gouvernement faible et précaire ; dans le second cas, gouvernement fort et stable, car nous vivons dans un siècle où la force des gouvernants se mesure à la liberté des gouvernés.

Comme il a plu souvent d'ajouter au nom de la liberté l'épithète « d'*illimitée* », beaucoup d'esprits superficiels sont tentés de croire que la liberté est sans bornes et qu'elle a des profondeurs inconnues, tandis que rien n'est plus étroitement limité par elle-même que la liberté, quelle qu'elle soit. Dans les pays où la liberté de tout dire existe, que dit-on qui dépasse de beaucoup ce qu'on dit en France, où cette liberté n'existe pas? Dans les pays où la liberté de se réunir existe, quels ravages exerce-t-elle? N'est-ce pas au contraire la soupape par laquelle s'échappe l'excès de vapeur populaire? Contre la liberté du commerce des grains, qui, disait-on, ferait tomber au-dessous de 10 francs le prix de l'hectolitre de blé, sur quels chiffres exagérés ne s'était-on pas appuyé? Depuis qu'elle existe, à quel prix l'hectolitre de blé est-il descendu? Contre la liberté de la boulangerie, contre la liberté de la boucherie, quels arguments n'avait-on pas invoqués? Depuis qu'elles ont triomphé de la réglementation, le pain qu'on achète est-il plus cher et la viande qu'on mange est-elle moins saine? Contre le libre échange, quelles sinistres prévisions n'avait-on pas fait gronder, prévisions qui montraient la France ruinée, la France envahie par les produits de l'Angleterre, la France ne fabriquant plus de fer et en manquant pour armer ses soldats? Depuis que le traité de commerce avec l'Angleterre est en vigueur, la France plie-t-elle, les bras croisés et les mains vides, sous le poids des importations britanniques? Ses hauts fourneaux sont-ils éteints? Ses maîtres de forges ont-ils déposé leurs bilans? Par contre, le consommateur a-t-il vu tomber à vil prix les objets de consommation? Les Anglais, qui ne permettent pas aux Français d'acquérir en Angleterre de propriétés territoriales, les Anglais abusent-ils de la liberté qu'ils ont d'acheter et de posséder en France des propriétés immobilières? Le sol français est-il en grande partie passé de nos mains dans les leurs? Depuis que les Russes sont en possession de la liberté de s'expatrier, y a-t-il, sous le règne de l'empereur Alexandre II, beaucoup plus de Russes séjournant à l'étranger qu'il n'y en avait sous le règne de l'empereur Nicolas? Depuis qu'on peut abjurer en France sans s'exposer au péril d'être persécuté, exilé, massacré, brûlé, le nombre des protestants a-t-il considérablement augmenté et le nombre des catholiques proportionnellement diminué? Ceux que la liberté épouvante n'ont jamais regardé la liberté en face. La liberté dont ils ont peur n'est pas la liberté réelle : c'est une liberté imaginaire, grossie, grandie, dénaturée par la frayeur. Il vous appartient, vous qui avez déjà regardé, mesuré de près la liberté avant de signer avec l'Angleterre le traité du 10 mars 1860, il vous appartient de ne pas vous arrêter en chemin et de dire à l'empereur la vérité sur la liberté de discussion qui, depuis longtemps, aurait pris son cours paisible si l'on ne se fût pas obstiné à resserrer son lit entre deux rives trop étroites. Liberté endiguée, liberté toujours prête à déborder. Dans votre bouche, monsieur le ministre, la vérité ne sera pas suspecte, car vous n'avez point à craindre qu'on accuse votre esprit d'être absolu et de n'être pas pratique. Le jour où l'Empire s'appuierait sur la liberté, qu'aurait-il à craindre des partis? Qu'est-ce que les partis auraient alors à promettre à la France qu'elle n'eût pas? Auraient-ils à lui promettre plus de gloire? Non; à cet égard l'empereur, qui a dicté la paix à la Russie et à l'Autriche, à la Chine et au Mexique, n'a laissé rien à désirer à la France. Auraient-ils à lui promettre plus de prospérité? Non; depuis 1852, le gouvernement a donné à la France toute la prospérité qu'il était au pouvoir d'un gouvernement de donner. Le jour où la presse française saurait que les ministres lisent attentivement les journaux, non plus pour y découvrir une contravention à poursuivre ou un délit à punir, mais afin d'y chercher une idée utile à réaliser, un abus ou un vice à supprimer, qu'est-ce que le gouvernement impérial aurait à craindre de la presse décentralisée? Il n'aurait pas, au contraire, un plus actif auxiliaire. Pour que la presse se régénérât d'elle-même, il suffirait qu'elle ne fût plus ni comprimée ni réprimée. Alors, au lieu de mettre son point d'honneur à critiquer pour renverser, elle le mettrait à prévoir et à prévenir pour consolider.

Je suis si sûr de l'exactitude de ce que j'avance que, s'il fallait en répondre, je n'hésiterais pas à donner toutes les cautions qui me seraient demandées, quelles qu'elles fussent, sans en excepter ma fortune, ma liberté, ma vie.

De l'impuissance de la presse.

Je nie la puissance de la presse au même titre que je nie la puissance du baromètre et de la boussole ; mais bien que je nie la puissance du baromètre, de la boussole et de la presse, je ne nie pas leur utilité.

L'idée de l'impuissance de la presse aboutissant à l'impunité de la presse est comparable à un de ces pylônes du haut desquels l'œil plane au-dessus de tous les obstacles et voit distinctement ce qu'auparavant il ne pouvait apercevoir, même confusément.

Ce que l'idée de l'impuissance de la presse aboutissant à l'impunité de la presse a de véritablement élevé, c'est qu'elle met fin à toutes les contradictions dans lesquelles se sont égarés les esprits les plus fermes et les moins semblables : Condorcet, Chateaubriand, Royer-Collard, Benjamin Constant, de Serre, de Broglie, Guizot, Thiers, Odilon Barrot, etc., etc.; c'est qu'elle met fin à toutes les dispositions législatives auxquelles les gouvernements qui se sont succédé en France depuis soixante-quinze ans ont tous demandé leur salut, et qui toutes ont été la perte et la condamnation de chacun d'eux : Royauté, République, Directoire, Consulat, Empire, Restauration de 1814, Monarchie de 1830 et République de 1848 ; c'est qu'elle met fin à toutes les frayeurs causées aux plus braves par... un fantôme, par un spectre que j'appellerai le Spectre noir!

Cette opinion, dont la justesse ne m'est apparue tout entière qu'après m'être tenu pendant six années à l'écart des luttes de la presse militante; cette opinion, que je n'ai pleinement soutenue qu'en 1862, Fiévée l'avait exprimée, il y a quarante-cinq ans, le 15 juillet 1819, en ces termes :

« Il ne faut pas attacher aux paroles imprimées une importance qu'elles n'ont pas; elles tirent toute leur valeur des sentiments, des vérités et des passions qui dominent dans un Etat. Tout le monde se tairait que l'iniquité resterait iniquité, comme la sagesse et la raison ne cesseraient pas d'être, quand l'univers entier s'accorderait pour les nier... Lisez l'Ecriture sainte : elle ne dit nulle part que la liberté de la presse perdra les nations; mais elle annonce avec une autorité divine, et qui par conséquent n'a pas encore été démentie, que tout pouvoir qui viole les conditions morales de la société court à sa ruine. Qu'importe ce que les hommes disent et ce que les hommes taisent! La vérité n'est pas dans leurs paroles; elle est tout entière dans les choses.

» C'est aussi trop mépriser les Français que d'imaginer que, si on ne leur disait pas au jour le jour ce qui est faux, injuste ou absurde, ils ne le sentiraient pas!

» Lorsqu'on assemblait les Etats généraux en 1789, sans savoir ce qu'on en ferait et uniquement parce qu'on ne savait plus que faire, les cris d'espérance et de joie de la nation entière et les sinistres présages de quelques hommes instruits ont-ils eu la moindre influence sur les résultats? »

Lorsque des journalistes ignorants et superficiels m'accusaient de paradoxe, c'était de plagiat qu'ils eussent dû m'accuser, en ajoutant à la citation qui précède les citations et les aveux qui suivent :

Voltaire :

« Y a-t-il quelque prédicant qui ait perdu un florin de sa pension par le débit des œuvres de Spinosa?... Si le moine Luther, si le chanoine Jean Chauvin, si le curé Swingle s'étaient contentés d'écrire,

Rome subjuguerait encore tous les Etats qu'elle a perdus... Les trompettes n'ont jamais gagné de batailles ; elles n'ont fait tomber de murs que ceux de Jéricho. »

L'abbé Maury :

« Votre conquête, c'est la liberté de la presse, cette sanction permanente et toute-puissante de l'opinion publique... La presse est libre ! Il suffit ; le genre humain est sauvé ! Il n'y aura plus de despotes. »

Napoléon Ier :

« La liberté de la presse ! pourquoi la craindrais-je désormais ? Après ce qu'elle a écrit depuis un an, elle n'a plus rien à dire de moi, et il lui reste encore quelque chose à dire de mes adversaires. »

Chateaubriand :

« Une preuve de l'impuissance de la presse se tire du reproche même que vous lui avez fait à l'égard de l'expédition d'Alger ; vous l'avez pris, Alger, malgré la liberté de la presse ! de même que j'ai fait la guerre d'Espagne en 1823, sous le feu le plus ardent de la liberté. »

« ... Les gazettes de M. Fouché nous ont traité comme celles de M. le comte Decazes. Qu'en est-il résulté ? Les personnes qui nous accordaient leur estime ne nous l'ont pas retirée, et l'on a fait lire un peu plus les ouvrages qu'on voulait proscrire. Nous pouvons donc assurer que les coups portés à un honnête homme ne font aucun mal. *Pæte, non dolet.* »

« ... Que n'a-t-on point dit, que n'a-t-on point écrit contre M. Pitt ! Sa puissance en souffrit-elle ? sa gloire en fut-elle éclipsée ? »

M. de Bonald :

« L'influence des journaux sur les grandes mesures politiques est à peu près nulle. L'habile Angleterre traite chez elle les journaux politiques avec une indifférence voisine du mépris. »

La liberté de la presse, dont l'abbé Maury proclamait, en 1789, la toute-puissance avec tant d'enthousiasme ; la liberté de la presse, en pleine possession d'elle-même, qui devait « affranchir le genre humain de tous les despotes », l'en a-t-elle délivré ?

Tout ce que, de l'aveu de Napoléon Ier, la presse avait imprimé contre lui après sa chute et avant son retour eut-il le pouvoir d'empêcher qu'il ne fût acclamé, le 20 mars 1815, de Cannes à Paris ?

Que devrait-on penser de la puissance d'un prétendu remorqueur qui descendrait le cours d'un fleuve, mais sans jamais parvenir à le remonter ?

Lorsqu'un courant les entraîne, les gouvernements croient que ce sont les journaux qui les emportent : comme les enfants croient, lorsque la voiture dans laquelle ils se promènent est en mouvement, que ce sont les arbres qui marchent.

La méprise est la même.

Ce que les gouvernements appellent la puissance de la presse, c'est la force du courant.

Lorsque les journaux vont dans le sens du courant, ils sont tout-puissants *en apparence* ; mais veulent-ils lutter contre lui, ils ne peuvent rien *en réalité*.

Qu'en faut-il conclure ?

J'en conclus que ce n'est pas des journaux qu'il faut avoir peur, mais que c'est du courant qu'il faut prendre garde.

L'impuissance de la presse, attestée par tous les faits, n'est plus seulement en moi une conviction ; elle est une certitude. Le jour où la certitude d'un seul sera devenue la certitude de tous, ainsi que cela a été le sort des vérités crépusculaires, commençant toutes par être niées et finissant toutes par tomber à l'état de banalités, on ne comprendra plus et on croira à peine que la parole, sous aucune forme, ait jamais constitué une contravention, un délit, un crime !

De la peur causée par la presse.

Comprend-on aujourd'hui qu'il se soit trouvé des gouvernements assez poltrons pour livrer aux tribunaux et des magistrats assez ignorants pour condamner à mort des suspects et des accusés de sortilége ?

Cependant, à l'époque où Jeanne Darc, en 1431, fut condamnée à mort et brûlée comme sorcière ; à l'époque où Bodin, le Montesquieu, le Vico, le Herder, le Turgot, le Malesherbes, le Quesnay, l'Adam Smith du seizième siècle, l'auteur de la *République*, de la *Méthode pour étudier l'histoire*, faisait paraître, en 1580, son traité intitulé *la Démonomanie* ; même à l'époque où Montesquieu publiait, en 1748, l'*Esprit des lois*, ouvrage immortel dans lequel il rangeait parmi les crimes la magie à côté de l'hérésie, recommandant seulement d'être « très-circonspect dans la poursuite »[1], à quelles huées de l'incrédulité, à quelles colères de l'intolérance, à quelles rigueurs de la pénalité ne se fût pas exposé l'homme de courage et de bon sens qui, bravant le danger d'être accusé d'insulte et de défi aux lois alors existantes, eût été assez audacieux pour soutenir hautement qu'il n'était pas vrai

---

[1] « Maxime importante : Il faut être très-circonspect dans la poursuite de la magie et de l'hérésie. »

que les sorciers eussent la puissance que leur attribuait l'ignorance des gouvernements, égale à l'ignorance des magistrats et celle-ci égale à l'ignorance des peuples! Pierre d'Apono, médecin italien, ayant osé, au commencement du quatorzième siècle, contester la réalité de la sorcellerie, n'eût-il pas été brûlé si la mort ne fût venue à temps l'enlever à l'exécution de l'arrêt et aux flammes du bûcher? En 1553, en plein seizième siècle, Guillaume de Lure, docteur en théologie, ayant nié la puissance de la sorcellerie, ne fut-il pas brûlé vif? Son incrédulité ne fut-elle pas considérée par les juges comme une preuve suffisante de ses relations avec l'enfer, et le bruit ne se répandit-il pas dans la multitude qu'on avait trouvé sur lui une obligation en bonne forme par laquelle il s'engageait avec le démon à traiter de fables tout ce qu'on raconterait des marchés conclus entre le démon et les hommes?

Aussi longtemps que les gouvernements ont cru aux sortiléges, — ils y ont cru pendant plus de deux mille ans et il y a peu d'années qu'ils n'y croient plus, — il y a eu des lois contre les sorciers, ainsi que le prouvent les citations suivantes, assez curieuses à rappeler :

« A Rome, sous le régime des Douze Tables, était puni de mort celui qui était convaincu d'avoir jeté un sort sur la récolte, de l'avoir *enchantée*, selon le terme de la loi.

» Les Romains du temps de César, qui s'affranchissaient si volontiers de la crainte des dieux, étaient les plus crédules des hommes. Des personnages éminents avaient foi aux songes et à l'astrologie. L'an 613, le Sénat bannit de Rome les astrologues. Les empereurs rendirent de nombreuses ordonnances contre les sorciers. Constantin ordonna de brûler les aruspices et de déporter ceux qui les avaient consultés. Constance et Julien étendirent la peine de la déportation aux gens convaincus de croire à l'astrologie.

» En France, au sixième siècle, un enfant de Chilpéric et de Frédégonde étant mort de la dyssenterie, on vint dire à la reine qu'il avait succombé à des maléfices et à des enchantements, et que le préfet Mummole, qu'elle haïssait depuis longtemps, était complice de ce crime. Des femmes que Frédégonde fit prendre à Paris, et qui s'avouèrent sorcières, dirent dans les tortures : « Nous avons, ô reine, sacrifié la vie de ton fils pour celle du préfet Mummole. » La reine fit assommer les unes, brûler les autres, attacher les dernières à des roues qui leur brisaient les os. Quant à Mummole, il fut amené près du roi et de sa suite, chargé de chaînes, et livré à divers tourments. On le suspendit à un poteau, les mains liées derrière le dos, et là, on le questionna sur les maléfices dont il pouvait avoir connaissance ; mais il n'avoua rien. Lorsqu'il fut détaché du poteau, il appela l'exécuteur, et lui dit : « Allez annoncer au roi, mon seigneur, que je ne me sens aucun mal des tourments qu'on m'a infligés. » Le roi ayant entendu ces paroles, dit : « Ne faut-il pas, en effet, qu'il soit sorcier pour n'avoir reçu aucun mal de ce qu'on lui a fait souffrir ! » Alors on l'étendit sur des roues, et on le frappa de tant de coups de courroies triplées, que les exécuteurs en étaient fatigués ; ensuite, on lui entra des bâtons pointus dans les ongles des pieds et des mains ; et, comme il était à ce point que l'épée était déjà levée pour lui couper la tête, il obtint de la reine qu'elle lui laissât la vie. »

« En 1564, Damhoudère, dans son livre intitulé *Practique judiciaire es causes criminelles*, raconte qu'étant conseiller de la cité de Bruges, il fit géhenner à trois reprises différentes, et très-grièvement, une vieille femme qui guérissait miraculeusement les entorses au moyen de pratiques pieuses ou prétendues telles. Elle endura les tourments redoublés sans plainte, souriant, frappant les doigts l'un contre l'autre et se moquant des juges. On imagina de la raser et de visiter les endroits les plus secrets de sa personne, et l'on finit par découvrir un petit morceau de parchemin, « auquel estoient escrits noms estranges en caractères diaboliques entremeslez de croix. » Remise incontinent à la torture, elle s'écria qu'en lui enlevant le parchemin, on lui avait ravi son impassibilité. Plusieurs, parmi les juges, la voulurent brûler vive, mais la majorité inclina pour la clémence. On se contenta de l'attacher à un poteau et de lui couvrir la tête d'une perruque à laquelle le bourreau mit le feu ; après quoi elle fut bannie. La pauvre sorcière se retira à Middelbourg ; mais Florent van Damme, bailli de cette ville, auquel Damhoudère avait transmis bonne note du procès, la surveilla de près, et, connaissant qu'elle était retournée à ses maléfices, la fit appréhender et brûler vive. »

« En 1580, Bodin, dans son livre intitulé *la Démonomanie*, distingua dans la sorcellerie quinze degrés différents, très-souvent joints et combinés ensemble, et qui, pris individuellement, constituent autant de crimes. Les crimes ordinaires des sorciers, selon Bodin, consistent à renier Dieu, à le blasphémer, à adorer le diable, à lui vouer leurs enfants, à les lui sacrifier, à les brûler en holocauste au démon, à faire mourir le bétail, à frapper un pays de stérilité, à donner la mort par poisons ou sortiléges. Quant aux sorcières, elles « font mestier de tuer les personnes, qui plus est d'homicider les petits enfants, puis après les faire bouillir et consommer jusqu'à rendre l'humeur et chair d'iceux potables. » Depuis, elles ont souvent « copulation charnelle avec le diable et bien souvent près des maris. » — « Voilà, continue Bodin, des crimes détestables, le moindre desquels mérite la mort *exquise*... Il a été bien vérifié que les sorciers qui ont paction expresse ordinaire avec le diable sont ordinairement coupables de toutes ou de la plupart de ces méchancetés. Or, quand il y a plusieurs crimes commis par une personne et par plusieurs actes, il faut qu'ils soient tous punis, et faut, commé dit Bartole, imposer plusieurs peines distinctes, soit par les lois et ordonnances, soit par l'arbitrage du juge. » [1]

« La fin du seizième siècle fut particulièrement en proie à cette maladie. Dans certaines provinces, en Biscaye, en Lorraine, on ne priait plus que le diable. « Maints villages, effrayés entre deux terreurs, celle des sorcières et celle des juges, avaient envie de laisser là leurs terres et de s'enfuir, si l'on en croit Remy, le juge de Nancy. Dans son livre (*la Démonolâtrie*, 1596). dédié au cardinal de Lorraine, il assure avoir *brûlé en seize années* HUIT CENTS SORCIÈRES! « Ma justice est si bonne, dit-il, que l'an dernier, il y en a eu seize qui se sont tuées pour ne pas passer par mes mains. »

« En 1634, Urbain Grandier, curé de Saint-Pierre de Loudun, fut condamné à être brûlé vif, aux termes d'un jugement souverain du 18 août 1634, rendu par une commission que présidait le conseiller d'Etat Laubardemont. De haute taille, de belle figure, de mœurs faciles et galantes, Grandier avait troublé l'imagination et les sens de plusieurs religieuses ursulines de Loudun. Ces filles, surexcitées par les austérités du cloître, se crurent ensorcelées par le curé de Saint-

---

1 *La Démonomanie*, édition de 1582

Pierre et possédées de démons soumis à ses ordres. L'officialité de Poitiers, préliminairement au jugement, déclara les caractères de la possesston diabolique dûment constatés ; et la Sorbonne, consultée, se rangea à cet avis. Ainsi, au milieu du dix-septième siècle, il n'était personne, même parmi les esprits les plus éclairés, qui ne crût aux possédés et aux sorciers ! Richelieu lui-même n'était pas plus avancé que son époque ; Pascal et tout le jansénisme y crurent encore. Ceux-là même qu'on brûlait n'étaient pas les moins convaincus. »

En 1672, Bouvet, prévôt général des armées françaises en Italie, auteur de l'écrit intitulé *les Manières admirables pour découvrir toutes sortes de crimes et sortiléges*, traçait le tableau suivant des ruses du diable et des signes qui dénotent le sortilége :

« Premièrement, si le criminel s'est servi de sortilége, on le verra fort étonné, extrêmement pensif, ou bien il dormira ou fera semblant de dormir, ou bien on lui verra sortir une escume de la bouche. Mais quand son corps jette une fumée de sueur ou qu'il s'enfle, ou d'autres signes, comme quand il ne peut parler, cela fait assez voir le sortilége ou le maléfice. Il faudra alors que le juge ne soit pas timide ni crédule, maisqu'il fasse changer le genre de la torture et introduise le criminel dans une autre prison. Alors il sera visité par tous les endroits de son corps pour voir si on pourra trouver de petits bulletins de papier ou de membrane appelée peau vierge, où sera enveloppée quelquefois très peu de cire et inscrits quelques mots. Si on ne luy trouve rien, non plus que dans son habit, il faudra faire brusler les cheveux, poils et barbe, pour ce que quelquefois ils les en frottent, si peu que cela est imperceptible, et néanmoins a le pouvoir de les garantir du tourment par la force du sortilégo...

» Il y a beaucoup d'esprits qui se sont imaginés que le sortilége n'avoit point de vigueur pour fortifier le corps dans les tourments ; que c'étoit plutôt une ferme, aspre et constante résolution prise pour soutenir les tourments, joint ensemble avec une fine imagination. Mais l'effet fait bien voir le contraire en tant d'occasions qui se sont présentées et qui se présentent très souvent dans l'Italie, qu'un volume ne suffiroit pas pour les rapporter. »

En 1770, Jousse, dans son *Traité de la justice criminelle*, définissait ainsi la magie et la divination :

« Le sortilége ou la magie est de deux sortes :

» 1° Lorsqu'on invoque le démon ou qu'on fait un pacte avec lui pour découvrir une chose que l'on veut savoir, ou pour faire réussir une chose que l'on a en vue, ce qui peut se faire de trois manières : lorsqu'on veut causer du dommage à quelqu'un, ou quand on désire savoir une chose cachée, ou lorsqu'on veut procurer à soi ou à quelqu'un un bien qu'on désire ;

» 2° Lorsque, sans avoir recours au démon, on emploie quelque pratique superstitieuse aux mêmes fins...

» Les devins, ce sont tous ceux qui, en vertu d'un pacte exprès ou tacite fait avec le démon, ou même sans aucun pacte, veulent connaître ce qui est caché ou qui veulent savoir les choses futures dont la connaissance est réservée aux seuls décrets de la providence de Dieu ; c'est ce qu'on appelle *pronostication*. »

« C'est le feu qui est la peine ordinaire de la magie et de la divination dans toutes les législations qui procèdent du droit romain. En France, la peine varie selon les lieux ; certains parlements condamnent les sorciers à être pendus et leurs cendres jetées au vent ; d'autres les brûlent vivants. »[1]

On vient de le voir : aussi longtemps que les gouvernements ont cru à la puissance et aux dangers de la sorcellerie, il y a eu des lois contre les sorciers ; de même aussi longtemps que les gouvernements croiront à la puissance et aux dangers de la presse, il y aura des lois contre les écrivains, que, sous Louis XIV, ces écrivains se nomment Vauban, Boisguillebert et Fénelon ; que, sous Louis XVIII, ils se nomment Béranger, Paul-Louis Courier, l'abbé de Pradt ; que, sous Louis-Philippe, ils se nomment Armand Laity, Louis Blanc, l'abbé de Lamennais ; ou que, sous Napoléon III, ils se nomment Vacherot, Eugène Pelletan, de Montalembert ! L'erreur, comme la vérité, a sa logique. Assurément, Louis XIV n'était pas un roi sans grandeur et sans esprit ; s'il n'eût pas cru

---

[1] LOISELEUR. *Les crimes et les peines dans l'antiquité et dans les temps modernes*. 1863.

très-sérieusement que *la Dîme royale*, par le maréchal de Vauban, fût un livre dangereux, il n'aurait pas ordonné que ce livre fût saisi, confisqué et mis au pilon [1]; il n'eût pas traité l'auteur en criminel [2]! Il n'eût pas fait infliger la même condamnation, le 14 mars 1707, au *Factum de la France*, par le lieutenant général au bailliage de Rouen, de Boisguillebert! Il n'eût pas fait saisir les *Aventures de Télémaque*, par Fénelon! Un souverain éclairé peut donc croire à la réalité de dangers imaginaires, car je ne suppose pas qu'il se trouve présentement en France un seul juge d'instruction qui soit tenté de poursuivre comme des livres dangereux les réimpressions de *la Dîme royale*, du *Factum de la France*

---

1 *Arrêt du conseil d'État privé du roi, 14 février 1707 :*

« Sur ce qui a été représenté au roi, en son conseil, qu'il se débite à Paris un livre portant PROJET D'UNE DIME ROYALE, qui, supprimant la taille, etc., imprimé en 1707, sans dire en quel endroit, et distribué sans permission ni privilége, dans lequel il se trouve plusieurs choses contraires à l'ordre et à l'usage du royaume, à quoi étant nécessaire de pourvoir : vu ledit ouvrage ; ouï le rapport du sieur TURGOT, le roi, en son conseil, ordonne qu'il sera fait recherche dudit livre, et que tous les exemplaires qui s'en trouvent seront SAISIS et CONFISQUÉS et MIS AU PILON..... Fait, Sa Majesté, défense à tout libraire d'en garder ou vendre aucun, à peine d'interdiction et de dix mille livres d'amende. »

2 « Le roi, prévenu et investi de la sorte, reçut très-mal le maréchal de Vauban lorsqu'il lui présenta son livre, qui s'adressait à lui dans tout le contenu de l'ouvrage. On peut juger si les ministres à qui il le présenta lui firent un meilleur accueil. De ce moment, ses services, sa capacité militaire, UNIQUE EN SON GENRE, ses vertus, l'affection que le roi y avait mise, jusqu'à croire se couronner de lauriers en l'élevant, tout disparut à l'instant à ses yeux. Il ne vit plus en lui qu'un INSENSÉ pour l'amour du public, et qu'un CRIMINEL qui attentait à l'autorité de ses ministres, par conséquent à la sienne. »

Mémoires du duc de Saint-Simon.

des *Aventures de Télémaque*, ce livre classique, un est des premiers qu'on mette aux mains de la jeunesse.

Sous le règne de Louis XIV, si c'était une erreur de croire au danger des œuvres de Vauban, de Boisguillebert et de Fénelon, même de Bossuet [1], pourquoi, sous le règne de Napoléon III, ne serait-ce pas également une erreur de croire au danger des journaux ?

Une erreur explique l'autre, mais la seconde n'est pas plus fondée que la première.

Ce serait en vain que, pour justifier la seconde, on chercherait à établir une distinction entre les journaux et les livres. Cette distinction erronée, dont je m'accuse moi-même d'avoir été la dupe trop longtemps, est purement imaginaire : elle ne repose sur rien de réel. Lorsqu'on approfondit la question, on reconnaît que les journaux n'offrent pas plus de danger et n'exercent pas plus d'influence que les livres.

Mais si les livres offrent moins de danger que les journaux, comment explique-t-on qu'au commencement de ce siècle, que sous le premier Empire, que sous le règne de Napoléon Ier, cet homme immortel, cet immense génie, livres et journaux aient été exposés aux mêmes rigueurs et assujettis à la même censure ? Mme de Staël, exilée en Suisse [2], et Jean-Baptiste Say, obligé de de-

---

1 « J'ai trouvé dans Bossuet, cet esprit sublime, une lettre qui m'a rempli de confusion : j'y ai vu ce grand homme obligé de se recommander à Mme de Maintenon pour obtenir la publication de ses œuvres, que les censeurs royaux, animés de l'esprit de Letellier, contrariaient alors. »

THIERS. Chambre des députés, séance du 17 mars 1846.

2 « Et pour que rien ne manquât à la promulgation de ce suprême arbitraire, une application éclatante en avait été faite presque aus-

mander à la Russie un asile, publiaient des livres et ne publiaient pas de journaux.

La censure sur les journaux et même sur les livres, qui existait sous le premier Empire, n'existe pas sous le second[1]. L'empereur Napoléon III en est-il plus gêné dans sa liberté d'action et moins ferme sur son trône ? Si la censure, telle qu'elle exista avant et après 1814, était rétablie, si elle pouvait l'être, l'empereur Napoléon III en serait-il plus solide et plus libre ? Je ne crains pas de répondre et d'affirmer qu'il le serait moins, parce que l'opinion publique ne tarderait pas à se changer en défiance générale.

Vous l'avez vu, monsieur le ministre, longtemps, en France, souverains, ministres, législateurs, ont cru très-sincèrement à l'impossibilité de gouverner sans l'établissement ou le maintien de la censure. La preuve qu'ils se trompaient, c'est que maintenant ils gouvernent sans elle.

---

sitôt à *l'Allemagne*, de Mme de Staël, à cette œuvre de critique littéraire et d'imagination qui, tamisée et épurée par les censeurs impériaux, après toute précaution prise et toute rature effectuée, au moment de paraître à dix mille exemplaires, avait été mise au pilon par une descente de gendarmes dans les magasins du libraire.

» Il est d'une exactitude littérale de dire que toute émission de la pensée écrite, toute mention historique, même la plus lointaine et la plus étrangère, devint une chose aventureuse et suspecte. Il n'y eut plus, dans l'ordre des idées, d'autre langage possible que le raisonnement prescrit par l'autorité. »

VILLEMAIN. *Souvenirs de M. de Narbonne*, tome Ier, page 28.

[1] « Nous vivons sous un régime de liberté réglé par des lois. Ces publications (les brochures) sont placées sous l'empire du droit commun et ne sont assujetties qu'à la formalité du dépôt. Cet état de notre législation en matière d'imprimerie laisse à l'initiative individuelle la plus complète liberté pour toutes les publications non périodiques. »

MONITEUR. *Déclaration du 21 janvier 1861.*

Souverain, ministres, législateurs croient encore, en France, à l'impossibilité de gouverner sans lois répressives, et sinon préventives, tout au moins restrictives de la pensée imprimée. Que faudrait-il pour qu'ils se guérissent de cette peur invétérée que leur cause ce que j'ai nommé : LE DROIT A L'IMPRIMERIE? Il faudrait qu'il arrivât à ces lois ce qui est advenu à la censure qui a disparu : il faudrait qu'à leur tour ces lois eussent aussi disparu ; il faudrait qu'ils eussent gouverné sans elles. Ah ! quel serait alors l'étonnement du souverain et de ses ministres, de voir qu'ils n'en gouverneraient que plus facilement ! Ce qu'ils y gagneraient, ce serait de grandir dans leur estime, comme se grandit à ses yeux l'enfant qui cesse de croire aux revenants dont on avait sottement épouvanté son imagination ; ce qu'ils y gagneraient, ce serait d'aller droit leur chemin, sans hâter ni ralentir le pas ; ce qu'ils y gagneraient, ce serait de ne plus verser dans le même arbitraire.

Et l'ARBITRAIRE, c'est l'INSTABILITÉ.

Que ces derniers mots, dont la vérité est attestée par l'histoire, vous fassent réfléchir, monsieur le ministre, et qu'ils servent d'excuse à la longueur de cette lettre, que je termine par l'expression des sentiments avec lesquels

J'ai l'honneur d'être

De Votre Excellence

Le très-humble et très-obéissant serviteur,

ÉMILE DE GIRARDIN.

1864

LA LIBERTÉ DE LA PRESSE EN 1864 [1]

23 janvier 1864.

Voilà trente-trois années que les questions de presse sont l'objet constant de nos études et de nos méditations! Nous avons lu, recueilli, annoté, commenté tout ce qui en matière de liberté de la pensée a été dit sur elle, pour elle, contre elle. Toutes les réformes que nous avons proposées, et qu'il nous a été donné de soumettre ou de voir soumettre à l'épreuve décisive de l'application, ont eu le succès pour sanction de leur justesse. S'il y a parmi les rédacteurs de journaux un esprit de corps, il ne nous a jamais aveuglé, il ne nous a jamais fait prendre l'importance que le journaliste se donne pour la puissance qu'il se croit. Journaliste d'occasion plutôt que de profession, nous avons toujours fait bande à part, nous tenant à égale distance de la presse servile et de la presse hostile, plus enclin à l'éloge qu'au blâme, aimant mieux encourager que décourager.

Désintéressé autant que nous le sommes dans ce débat,

---

[1] L'article 9 du décret du 17 février 1852 prescrit que « les écrits non périodiques traitant de questions politiques ou d'économie sociale, s'ils sont publiés en une ou plusieurs livraisons ayant moins de dix feuilles d'impression de vingt-cinq à trente-deux décimètres carrés, seront soumis à un droit de timbre de cinq centimes par feuille. »

Afin de nous conformer à cette prescription de la loi et de soustraire au timbre cet écrit, nous avons ajouté aux neuf feuilles qui précèdent la feuille qui suit, ensemble dix feuilles.

Voilà à quoi servent les mesures restrictives en matière de presse! Elles ne profitent même pas au fisc!

(*Note des éditeurs.*)

puisque nous n'avons plus aucun intérêt dans la propriété du journal la *Presse*, où nous ne remplissons que le rôle de pilote, le gouvernement, qui sait que nous souhaitons son affermissement, devrait donc en croire un peu notre longue expérience lorsque nous venons lui dire qu'il fait fausse route sur la trace de deux royautés, dont la première ne fût pas tombée si, au lieu d'essayer sans succès de toutes les restrictions et de toutes les pénalités en matière de journalisme, elle n'eût opposé aux attaques du journalisme, bientôt émoussées, que le dédain et l'impunité. Il n'y avait qu'une seule chose à faire, c'était de laisser dire. On nous accordera qu'en tout cas il ne fût arrivé à ces deux royautés rien de pire que ce qui leur est arrivé le 29 juillet 1830 et le 24 février 1848.

M. Rouher est un orateur passionné, mais c'est un ministre éclairé; ce qu'il lui plaît de comprendre, il le comprend vite et bien, et dès qu'il l'a compris, il excelle à trouver toutes les raisons à l'appui de la thèse dont il a entrepris le triomphe. M. Rouher a commencé par être l'adversaire de la liberté du commerce, dont il est devenu le défenseur le plus ardent; le jour où il serait converti à la cause de la liberté de la presse, nul mieux que lui ne trouverait de meilleurs arguments pour démontrer :

Que la liberté de la presse n'a jamais renversé aucun gouvernement;

Que la liberté de la presse n'existait pas quand la Révolution a éclaté en 1789 ;

Que la liberté de la presse n'existait pas quand l'Empire a péri en 1815;

Que la liberté de la presse avait été suspendue quand la Restauration s'est renversée en 1830;

Que la liberté de la presse était contenue par la législation la plus sévère quand la Monarchie de 1830, malgré les lois de septembre 1835, s'est évanouie en 1848;

Que la liberté de la presse est un fantôme qui n'a de puissance que la frayeur qu'il cause ;

Que la liberté de la presse est une matière qui échappe à toutes les réglementations : aussi ont-elles toujours été vaines ;

Qu'en matière de liberté de la presse, toute loi positive est un pléonasme législatif, attendu que la liberté de la presse porte avec elle, partout et toujours, sa loi toute faite, puisque la liberté de dire ne saurait exister sans la liberté de contredire ; qu'ainsi l'erreur a pour châtiment la réfutation, la critique injuste pour correctif la louange méritée, la calomnie pour adversaire la vérité ;

Que tout ce qu'on entreprend au détriment de la liberté de la presse tourne à l'avantage de l'habileté de la presse ;

Que la liberté de la presse étant l'art de dire, perfectionné par la difficulté ou le péril, défendre de dire telle chose sous telle forme n'empêche pas de dire sous une autre forme la même chose ;

Qu'il n'y a donc point de régime intermédiaire entre l'entière liberté de la presse et son entière suppression ;

Que la question se réduit à ces termes : La France confinant à l'Angleterre, à la Belgique et à la Suisse, trois pays où la presse est libre, peut-on supprimer entièrement la liberté de la presse en France sans entourer la France, comme la Chine, d'une muraille et sans interdire aux Français d'en sortir ?

Que cela étant absolument impossible, il n'y a qu'une seule loi à faire : c'est une loi qui abroge, sans les remplacer, toutes les lois existantes en matière d'imprimerie et de presse ;

Que c'est l'intérêt du gouvernement, attendu que lorsqu'il croit frapper la presse, c'est toujours sur lui que retombent les coups ;

Qu'il se donne ainsi des airs de tyran, lorsqu'en réalité il joue le rôle de dupe ;

Qu'il n'y a pas de motif pour que le droit de se servir de l'imprimerie ne soit aussi entier que le droit de jouer du piano ;

Qu'il n'y a pas plus de crime et de délit à raisonner faux dans un journal qu'à chanter faux dans un concert ;

Qu'on doit être aussi libre de penser, de parler, d'écrire, d'imprimer, qu'on est libre de vocaliser ou de déclamer ;

Que les affaires des peuples n'en iraient ni pis ni mieux, si les gouvernements laissaient tous les journaux batailler entre eux et se contredire les uns les autres, sans y prendre garde et sans intervenir à aucun titre dans leur polémique intestine ;

Qu'en tout cas, c'est une expérience à faire pendant un an ; expérience sans aucun péril sous un gouvernement fort ; expérience très-importante, si elle réussit, en ce qu'elle l'aura à jamais délivré des craintes sans fondement qui l'obsédaient et le poussaient dans des voies au bout desquelles il y a toujours à craindre une révolution ;

Que s'il était vrai que la presse fût une puissance, elle ne le serait que par la centralisation ; que décentraliser la presse, ce serait donc lui enlever son pouvoir ;

Que l'affaiblissement de la presse par sa diffusion ne serait que la mise en application de la doctrine des maîtres en cette matière, doctrine dont la pratique a vérifié et démontré la justesse en Amérique, en Angleterre, en Belgique, en Italie et en Suisse ;

Que le journalisme, qui s'est qualifié si longtemps de sacerdoce, n'est qu'une idolâtrie qui tomberait d'elle-même aussitôt qu'elle ne compterait plus de martyrs ;

Que moins il y a de journaux et plus on met de prix à l'opinion favorable ou contraire d'un journal ;

Que plus il y aurait de journaux et moins on attacherait d'importance à leurs éloges effacés par leurs critiques, et à leurs critiques effacées par leurs éloges ;

Qu'il en serait alors des journaux comme il en est des brochures, qu'autrefois on lisait avidement quand elles étaient ou censurées ou poursuivies, et que maintenant qu'elles sont publiées librement on ne lit plus;

Que s'il y avait quelque chose à craindre, ce serait que, la liberté de la presse succédant à la féodalité de la presse, il ne se fondât pas assez de journaux;

Que les poursuites contre les journaux ayant toujours pour effet de rapetisser le gouvernement et de lui donner des airs effarés de persécuteur farouche, l'indifférence en matière de liberté de la presse serait le rôle qui conviendrait le mieux à un pouvoir fier de ses intentions et sûr de sa force;

Que les particuliers n'étant pas plus protégés contre les attaques des journaux que l'Etat, son chef, ses ministres et leurs agents, puisque la liberté de la presse ne serait plus régie par aucune loi, le revirement suivant s'effectuerait aussitôt : les particuliers, au lieu de faire cause commune avec la presse contre le gouvernement, feraient cause commune avec le gouvernement contre la presse;

Que les journalistes n'auraient qu'un moyen de se soustraire aux rigueurs de l'opinion générale et à la déconsidération publique : ce serait de se tenir dans la limite de la plus grande réserve et de l'imposer à ceux d'entre eux qui seraient tentés d'y manquer, en en faisant prompte et sévère justice;

Que la liberté de la presse étant une matière exceptionnelle, le régime du droit commun ne lui est pas applicable;

Que, dans les procès intentés aux journaux, le jury ne vaut pas mieux que la justice correctionnelle, et que la justice correctionnelle ne vaut pas mieux que le jury; que dans l'un et l'autre cas, l'effet est toujours de faire asseoir sur le même banc le journaliste poursuivi et le gouvernement poursuivant, avec cette différence que, si le journaliste est condamné, on le plaint, et que, si c'est le gouvernement qui succombe, on le blâme ; qu'ainsi le gouvernement, soit qu'il perde ou qu'il gagne ses procès, s'affaibit également ;

Que les avertissements, les suspensions et les suppressions infligés par la voie administrative sont la violation formelle de ce principe fondamental de toute justice : « Nul ne doit être juge et partie » ;

Que la liberté que laisse ce régime est la pire, car elle sert à dire qu'il n'y a pas de liberté de la presse ;

Que c'est donc l'impuissance entée sur l'inconséquence, au lieu d'être le dédain fondé sur l'oubli.

Pourquoi donc ce qui a eu lieu pour la liberté du commerce, dont le gouvernement ne laisse passer aucune occasion de se féliciter, n'aurait-il pas lieu aussi pour la liberté de la presse, qui n'est, après tout, que le libre échange des idées ? Pourquoi donc M. Rouher, que les rayons de la liberté commerciale ont soudainement illuminé, ne serait-il pas illuminé tout aussi soudainement par les rayons de la liberté intellectuelle ?

Il est possible que la doctrine que nous soutenons de l'impunité de la presse, fondée sur son impuissance, ait peu de chances prochaines de passer à l'état de vérité démontrée et de fait accompli ; mais ce dont nous sommes certain, c'est que, si peu de chances qu'elle ait d'être admise, elle en a encore plus que la conclusion présentée par M. Jules Simon avec un art de narration et un talent d'exposition qui l'ont placé au premier rang des orateurs du Corps législatif.

Il y a deux points de vue d'où la liberté de la presse doit être débattue quand elle est encore en question :

Premièrement, il y a le point de vue du gouvernement ;

Secondement, il y a le point de vue de l'opposition.

C'est au point de vue de l'opposition que M. Jules Simon s'est placé. C'est au point de vue du gouvernement que nous nous plaçons.

Au point de vue de l'opposition, M. Jules Simon a raison, parfaitement raison, « de demander des lois sévères, des » juges sévères, pourvu que ce soient des juges. »

En effet, sans lois et sans juges, sans restrictions fiscales et sans lois pénales, la liberté de la presse ne tarderait pas à être la diffusion de la presse, la déconsidération de la presse, la confusion de la presse. Un moment surexcitées, la curiosité et la malignité publiques ne tarderaient pas à s'émousser, et si le *Moniteur universel* était le journal le plus universellement, le plus rapidement et le plus exactement INFORMÉ, peut-être serait-ce bientôt lui qui compterait de beaucoup le plus grand nombre d'abonnés, peut-être serait-ce lui qui deviendrait le *Times* français! Mais il faudrait que l'expérience, résolûment tentée, fût complétement faite; il ne faudrait pas que le gouvernement s'effrayât de voir reparaître des journaux s'intitulant de nouveau le *Pilori*, le *Journal de la Canaille*, le *Père Duchesne*, etc. Il faudrait qu'il les laissât dire tout ce qu'ils voudraient dire, sans en lire aucun. Il n'y en aurait pas pour longtemps; ces journaux ne tarderaient point à tomber, comme meurent aujourd'hui sans qu'on sache qu'elles ont vécu une multitude de petites feuilles qui, exemptes du cautionnement et du timbre, se livrent, dans les limites du monde dramatique, artistique et littéraire, à la culture de toutes les vanités et à l'exploitation de toutes les rivalités. Chaque ligne de ces feuilles est une personnalité aiguisée ou une louange payée; pour en compter les injures, les diffamations, les calomnies, il faudrait en compter tous les mots. Eh bien! la marche du monde dramatique, artistique et littéraire en est-elle arrêtée? L'actrice renommée dont le journaliste malveillant ou vénal nie le talent en a-t-elle moins de succès? Le peintre décrié, si ses tableaux sont bons, les vend-il moins cher? L'auteur adulé, si ses livres sont mauvais, en est-il plus recherché? Non. Qu'arrive-t-il? Il arrive que les auteurs, les artistes, les acteurs qui ont le sentiment de leur valeur, plus aguerris maintenant qu'autrefois, refusent de s'abonner à ces feuilles plus obscures encore qu'ignominieuses... Au bout de quelques semaines, le mépris a étouffé l'injure. Le journaliste qui n'a pas fait ses frais ne trouve plus d'imprimeur qui lui fasse crédit. S'il est vrai que l'injure, la diffamation, la calomnie causent, par la voie de la presse, le mal que le gouvernement leur impute, alors le gouvernement est bien coupable de ne pas protéger contre elles l'acteur, l'artiste, l'auteur. Pourquoi deux poids ? pourquoi deux mesures? pourquoi des journaux soumis au cautionnement et au timbre? pourquoi d'autres journaux exempts du timbre et du cautionnement? pourquoi des cautionnements inégaux? Est-ce que tel journal non politique, ne paraissant qu'une fois par semaine, ne contient pas dans ce seul numéro sept fois plus de diffamations que n'en sauraient jamais contenir les sept numéros d'un journal politique quotidien? Si le gouvernement, qui est fort, a le droit de se protéger contre le risque de diffamation et de calomnie, est-ce qu'il n'a pas au même degré le devoir de protéger le faible contre la calomnie et la diffamation? Ou le gouvernement fait trop ou il ne fait pas assez. Il est inconséquent.

Avec des lois et des juges sévères, la liberté de la presse reste ce qu'elle est : la féodalité de la presse. Elle est la discipline des opinions et la pétrification des partis. Elle garde son prestige. Tout ce qu'on oppose à sa puissance y fait croire. Le gouvernement qui poursuit la presse recrute pour elle. S'il la poursuit devant les tribunaux et que les tribunaux la frappent à coups redoublés, on dit que c'est la politique qui juge et que ce n'est plus la justice, ou que si c'est la justice, c'est la justice politique, c'est-à-dire la justice pervertie. Si les tribunaux acquittent les journaux poursuivis, l'acquittement, rappelons-le-nous, équivaut à la condamnation du gouvernement; d'où il suit que la justice est placée entre ces deux écueils : ou son propre affaiblissement, ou l'affaiblissement du gouvernement.

Royer-Collard, ce grand penseur, n'admettait pas l'impunité de la presse, mais il n'admettait pas non plus que la liberté de la presse pût exister sans l'institution du jury. M. Jules Simon est-il plus modeste? A défaut de jurés, se contenterait-il de juges?

Quant à nous, disons-le hautement, entre jurés, juges et commis, nous ne distinguons pas.

Entre le *National,* supprimé en 1833 par arrêt, et l'*Univers,* supprimé en 1860 par décret, où donc est la différence ?

Le régime actuel de la presse n'est pas bon, mais le régime revendiqué par M. Jules Simon ne serait pas meilleur.

L'administration a envers les journaux et les écrivains des ménagements que n'aurait pas la justice.

Le méconnaître, ce serait manquer d'équité.

Les avertissements administratifs ne sont pas bons, mais ils valent encore mieux que les condamnations judiciaires.

En matière de presse, la liberté de droit n'existe pas, cela est vrai; mais la liberté de fait existe dans une assez grande mesure, cela est incontestable.

M. Jules Simon est surtout un narrateur.

Il a expliqué avec une clarté parfaite et une modération constante ce qu'est la condition de la presse sous le décret du 17 février 1852, mais il a laissé tout entière à traiter la question de la liberté de la presse.

Qui la traitera? qui l'élèvera à la hauteur où il est certain que l'avenir la placera? Qui osera proclamer l'indivisibilité et l'inviolabilité de la pensée?

Nous soutenons que la presse est aussi impuissante pour détruire que pour fonder, pour ébranler que pour affermir, pour réformer que pour résister.

Qu'est-ce que la presse a détruit?

Qu'est-ce que la presse a fondé ?

Qu'a-t-elle ébranlé ?

Qu'a-t-elle affermi ?

Qu'a-t-elle réformé?

A qui a-t-elle résisté ?

Ce que nous soutenons, nous le prouvons.

M. Granier de Cassagnac soutient l'opinion contraire à la nôtre.

Ce qu'il soutient, il ne le prouve pas; et nous lui offrons de vider, dans les colonnes de la *Presse*, le débat qu'il n'a pu qu'effleurer devant le Corps législatif.

Ce débat entre lui et nous sera un débat à outrance, jusqu'à ce qu'évidence s'ensuive.

S'il l'accepte, nous lui montrerons que la presse n'a jamais enfoncé que des portes ouvertes, et qu'elle n'a jamais changé les convictions qu'elle avait combattues.

S'il le désire, M. Granier de Cassagnac pourra même se faire assister de M. Veuillot.

La presse n'est pas la persuasion, c'est la contradiction. Qu'est-ce que la contradiction? c'est le doute. Qu'est-ce que le doute? c'est l'impuissance.

« Tout Polonais est un tourbillon qui tourne sur lui-même. » disait l'impératrice Catherine II. Ce que l'impératrice Catherine II disait des Polonais, nous le disons des journaux. Tout journal est un tourbillon qui tourne sur lui-même. De tous les articles que le vent de la publicité fait voler en sens contraires, au risque d'aveugler le lecteur, que reste-t-il? — Poussière pendant, poussière après... Poussière, toujours poussière, rien que poussière!

Les journaux sont les mouches du coche. Quand le coche va vite, aux mouches l'honneur! Quand il verse, à elles la responsabilité! Double imposture! Pas plus que l'honneur, la responsabilité ne leur en appartient.

Il faudrait cependant être logique!

Si nous avons tort, si la presse a le pouvoir d'ébranler le gouvernement qu'elle attaque et de déconsidérer l'individu qu'elle diffame, alors les partisans de la censure avaient raison sous l'ancienne Monarchie, sous la République, sous l'Empire, sous la Restauration. M. le vicomte de Bonald avait raison contre M. le vicomte de Chateaubriand.

M. de Chateaubriand disait :

« La liberté de la presse ne peut exister sans avoir derrière elle une loi terrible, *immanis lex*, qui prévienne la prévarication par la ruine, la calomnie par l'infamie, les écrits séditieux par la prison, l'exil et quelquefois la mort. »

M. de Bonald répondait :

« Prévenir par la mort! il me semble qu'il est plus humain et tout aussi efficace de prévenir par la censure.

» Osons le dire : une loi répressive de la liberté d'écrire, j'entends une loi réprimante, est impossible à faire, impossible à exécuter.

» Les journaux sont l'arme offensive de la démocratie et l'arme défensive de la royauté, et avec ses journaux la démocratie serait plus forte que la royauté, si celle-ci n'avait pour réprimer leurs excès la ressource de la censure, car les lois répressives n'y peuvent rien. »

Si, comme l'affirme M. Granier de Cassagnac, les journaux constituent une souveraineté que tout journaliste peut se décerner à lui-même ; si c'est la souveraineté d'un pouvoir illimité, d'un pouvoir irresponsable, d'un pouvoir permanent ; si cette souveraineté est une dictature qui pèse sur tous les pouvoirs, sur la société elle-même ; si cette dictature est celle de la presse ; s'il y a en France deux souverainetés rivales et ennemies, la souveraineté du pays et la souveraineté des journaux, il faut être conséquent : ne pouvant revenir au règne de François Ier, ne pouvant prohiber l'imprimerie [1], il faut rétablir la censure !

---

[1] « Sous son règne (celui de François Ier) s'établirent l'inquisition de la foi, la censure des livres, la prohibition des livres censurés ou non soumis à la censure, la perquisition des livres non permis, la

M. Granier de Cassagnac, qu'il nous permette de le lui dire, quoiqu'il proteste contre le contrôle de la presse, est un Bonald inconséquent. Il lui emprunte ses arguments, il lui emprunte même ses phrases, et il ne lui emprunte pas sa conclusion. Il reste en chemin, se bornant à gémir en ces termes : « A l'heure qu'il est, le gouvernement a, en » matière de presse, l'apparence de la rigueur : il a la réa- » lité de la faiblesse... L'administration chargée de la presse » est dans une voie périlleuse... » Si l'administration de la presse est en effet dans une voie périlleuse, il faut qu'elle se hâte d'en sortir. Mais comment? Que propose M. Granier de Cassagnac? Propose-t-il la seule chose qu'il y ait à faire au point de vue où il se place? propose-t-il le rétablissement de la censure?— Non ; il propose la loi pour tous! Quelle loi? Il propose que les pouvoirs réguliers du pays ne soient pas subordonnés aux pouvoirs irréguliers, irresponsables et illimités de la presse. Mais quels sont ces pouvoirs? comment s'exercent-ils? M. Granier de Cassagnac propose-t-il de supprimer le compte rendu sténographique du Sénat et du Corps législatif inséré au *Moniteur?* S'il ne propose pas de le supprimer, que gagnera-t-il à interdire les articles d'appréciation que les journaux publient sur les discussions législatives? Qu'est-ce que les journaux d'opposition disent de plus que les députés de la minorité, et même quelquefois que les députés de la majorité? Mais admettons que, vu la difficulté de démêler dans un article de discussion ce qui

---

même peine contre les possesseurs de livres déclarés hérétiques que contre les hérétiques déclarés; enfin, et pendant plusieurs années, la PROHIBITION DE L'IMPRIMERIE.

» *Il avait trouvé le remède radical* (si vainement cherché de nos jours) *aux abus de la presse.* C'est à l'ABOLITION DE L'IMPRIMERIE *qu'il faut en venir pour gouverner arbitrairement.* »

MÉMOIRES SUR LE RÈGNE DE FRANÇOIS 1er, par le comte Rœderer.

appartient à la discussion et ce qui appartient au compte rendu, on interdise de parler ni en bien ni en mal de ce qui aura été dit au Sénat et au Corps législatif, qu'arrivera-t-il? Il arrivera qu'on pourra critiquer les actes du gouvernement et qu'on ne pourra pas critiquer les discours de MM. les sénateurs et de MM. les députés ! Il arrivera qu'on pourra discuter les paroles de l'empereur Napoléon III et qu'on ne pourra pas discuter les paroles de M. Granier de Cassagnac ! Il arrivera que le Sénat et le Corps législatif auront une inviolabilité que n'aura pas la Majesté impériale ! Est-ce proposable? est-ce soutenable? est-ce discutable?

M. Émile Ollivier a répondu à M. Granier de Cassagnac en termes si parfaits, que ces termes ne nous laisseraient rien à ajouter s'il avait, lui aussi, osé conclure ! Mais il s'est arrêté à mi-chemin devant l'impunité de la presse, comme M. Granier de Cassagnac s'était arrêté à mi-chemin devant la confiscation de la presse.

Dans ce débat, un seul député a été logique, il se nomme M. de Guilloutet ; il a interrompu M. Emile Ollivier pour lui crier, à propos de la liberté de la presse : « Je dis, moi, » qu'il est impossible de gouverner avec elle. »

M. Emile Ollivier admet que les délits de droit commun seront punis par la juridiction établie, même lorsqu'ils auront été commis par la presse.

La presse ne peut commettre par elle-même ni délits ni crimes, pas plus que le sorcier ne peut nous ensorceler. Voilà la doctrine que nous soutenons.

Il faut distinguer entre le mal dont on peut souffrir dans son existence et le mal dont on peut souffrir dans son imagination.

Tel danger imaginaire peut nous causer une peur très-réelle ; telle chose, comme par exemple l'infidélité d'une femme, peut ne nous faire matériellement aucun mal et cependant nous causer moralement une grande peine ; un mot dans un journal, qui n'aura porté atteinte ni à notre fortune ni à notre considération, agira sur notre imagination comme s'il les avait entamées, si nous lui en supposons le pouvoir.

C'est pour cela qu'il importe de détruire l'erreur qui attribue aux attaques de la presse une puissance qu'elles n'ont pas, qu'elles n'ont jamais eue.

Dans la séance du 12 janvier 1864, M. Eugène Pelletan a laissé échapper cette interruption : « *Les journaux du* » *gouvernement sont des calomniateurs!* »

Il est vrai que ces journaux ont calomnié M. Pelletan, mais quel mal lui ont-ils fait? Ont-ils empêché les électeurs de l'élire?

Nous avons sous les yeux une brochure qui a été tirée à un nombre immense d'exemplaires; cette brochure est intitulée :

UN ÉLECTEUR DE PARIS

Aux électeurs de Paris, d'Aix et de Valenciennes.

M. THIERS.

Paris, 27 mai 1863. — Dentu, éditeur.

M. Thiers y est attaqué dans toutes ses opinions et dans tous ses actes; les citations y abondent. Cette brochure, venant en aide au *Constitutionnel* et au *Pays*, a-t-elle empêché les électeurs de M. Thiers de le préférer à M. Devinck ?

M. Granier de Cassagnac a employé une grande partie de sa vie de journaliste à louanger M. Guizot et à dénigrer M. Thiers. Eh bien ! M. Granier de Cassagnac a-t-il grandi M. Guizot et a-t-il diminué M. Thiers?

De toutes les attaques auxquelles M. Thiers a été en butte pendant trente ans, que reste-t-il? En a-t-il été atteint dans sa considération? en a-t-il été atteint dans son prestige? Le suffrage universel ne s'est-il pas hâté d'aller le chercher en 1848, le lendemain de l'inauguration de la république? Le suffrage universel ne s'est-il pas empressé de nouveau de l'accueillir en 1863, dès qu'il s'est présenté à lui?

O inconséquence!

Comment expliquer qu'étant l'exemple vivant de l'innocuité de la presse, étant cette innocuité démontrée par elle-même, M. Thiers, se donnant à lui-même un démenti, ait conclu, dans son discours du 11 janvier 1864, contre l'impunité de la presse?

Voici les paroles de M. Thiers orateur :

« Il faut que la presse soit libre; mais lorsque je dis : liberté, je ne dis pas : impunité. »

Voici maintenant les paroles de M. Thiers historien :

« La presse peut être illimitée sans danger. Il n'y a que la vérité de redoutable. Le faux est impuissant; plus il s'exagère, plus il s'use. Il n'y a pas de gouvernement qui ait péri par le mensonge. Qu'importe qu'un Babeuf célébrât la loi agraire, qu'une *Quotidienne* rabaissât la grandeur de la Révolution, calomniât ses héros et cherchât à relever des princes bannis? Le gouvernement n'avait qu'à laisser déclamer; huit jours d'exagération et de mensonge usent toutes les plumes des pamphlétaires et des libellistes. Mais il faut bien du temps et de la philosophie à un gouvernement pour qu'il admette ces vérités. »

« Quoique fort habitué à la liberté de la presse, le Directoire s'effrayait du langage qu'elle prenait dans certains journaux. Il ne comprenait pas encore assez qu'il faut laisser tout dire; que le mensonge n'est jamais à redouter, quelque publicité qu'il acquière; qu'il s'use par la violence, et qu'un gouvernement périt par la vérité seule, et surtout par la vérité comprimée. »

M. Thiers ayant ainsi à choisir entre les deux opinions opposées qu'il avait également soutenues, il est à regretter que ce soit l'opinion fausse qu'il ait choisie.

Transiger avec l'erreur dans l'espérance de faire accepter

plus facilement la vérité est toujours une détestable tactique ; elle ne sert qu'à fausser et à énerver le débat.

Ce que nous disons là ne s'adresse pas seulement à M. Thiers, mais encore à M. Jules Simon et à M. Emile Ollivier.

Pour que de la discussion sur la liberté de la presse sortît enfin la vérité, il aurait fallu resserrer étroitement le débat entre l'impunité proclamée ou la censure rétablie.

Paris. — Imprimerie SERRIERE et Ce, rue Montmartre, 123.

www.ingramcontent.com/pod-product-compliance
Ingram Content Group UK Ltd.
Pitfield, Milton Keynes, MK11 3LW, UK
UKHW031857260826
14628UKWH00002B/821

9 782019 263317